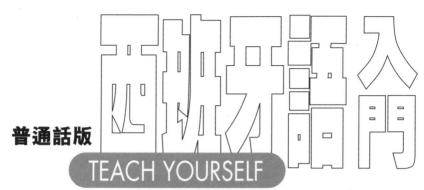

西班牙語入門

普通話版

TEACH YOURSELF
BEGINNER'S SPANISH

Mark Stacey & Angela Gonxález Hevia著　萬里機構·萬里書店出版

Teach Yourself
西班牙語入門（普通話版）

著 者
Mark Stacey & Angela González Hevia

譯 者
于　月

編 輯
袁海燕

出版者
萬里機構·萬里書店
香港鰂魚涌英皇道 1065 號東達中心 1305 室
電話：2564 7511　　傳真：2565 5539
網址：http://www.wanlibk.com

發行者
香港聯合書刊物流有限公司
香港新界大埔汀麗路 36 號中華商務印刷大廈 3 字樓
電話：2150 2100　　傳真：2407 3062
電郵：info@suplogistics.com.hk

承印者
中華商務彩色印刷有限公司

出版日期
二〇一二年九月第四次印刷

版權所有·不准翻印
ISBN 978-962-14-3600-9

目 錄

引 言

你想學習西班牙語嗎？那麼歡迎你學習這種世界上最偉大的語言！就應用人口而言，它是最多人用的語言之一：在西班牙，大約有4千萬人講西班牙語，在世界上其他國家和地區則有六倍於該數量的人講西班牙語，當然，基本上都是美洲中部和南部的國家。

你希望或者需要學習多少西班牙語完全取決於你自己的選擇或者個人的實際情況。用不了幾天你就可以掌握足夠的日常用語來應付在西班牙的旅行；而相反的，研究西班牙語也可以作為你畢生的事業——因為西班牙語是歐洲文化和文學的起源。

本書的目的非常簡單：我們只想讓你具備基本的語言交流能力，在不太複雜的日常環境中與人交流；如果你喜愛該語言和講這種語言的人，還希望進一步學習，我們希望本書能為你打下基礎。儘管本書的初衷是幫助你自學，但是請不要忘記語言是最重要的社會行為，所以即使說得結結巴巴，也要盡可能地找時機練習聽和說。西班牙人非常欣賞努力學習他們語言的人，而且為此感到驕傲，還會極力讚賞你的刻苦精神。從而大大激勵了你的自信心，使你加倍努力。不要害怕說錯——重要的在於交流。如果你能清楚地表達出自己的意思，那麼你在語言的運用中就獲得了成功。

如何使用本書

本課程分兩部分，第一部分有11個單元，第二部分有10個單元。

1-11單元

你必須按順序學習前11個單元，因為許多非常重要而且常用的詞沒有在書中集中起來講解，只有循序漸進才能掌握。其用法以我們所說的詞彙功能（function）為基礎，詞彙的功能就是詞彙在不同情境中的運用。

前11個單元中，每個單元都包含關於日常生活中某方面的一組對話或者一段敘述，至少由一名西班牙人擔任其中的角色。一定要聽（讀）至少兩遍，盡你所能體會出它的意思，每段對話或短文下面的重點詞語和短語解釋可以為你提供幫助。

每單元的Para estudiar 和Comentario 部分都對你剛剛學過的內容進行了解釋說明，有時還會包含相關的背景信息。尤其是值得說明的要點都用符號"🔃"突出強調——這些要點常常是西班牙語與英語截然不同的地方。

每單元的Actividad（練習）部分針對已經講過的知識為你準備了練習題。答案（Clave）在本書的後面。如果你覺得Actividades中的題目困難，在看答案之前請再看一遍對話和短文，盡量自己回答問題。但是在你做完練習後一定要對照答案——重新溫習你做錯的地方而不是置之不理非常重要，否則你將再度犯錯！如果你發現自己錯得很多，那就試着再慢些，複習單元內容時多練習短語——在你確信對書中的內容全部理解以前先不要做練習，因為你會發現急於求成最終往往事倍功半。你如果有CD，要好好利用暫停鍵——盡量重複短語對你的發音和記憶很有好處。

最後，在1-10單元中的每個單元，都有一個小測試——
Evaluación，它可以檢驗你是否能夠完成該單元的學習任務。
這些測試的答案已在Clave中給出。經常檢驗你的測試結果，
複習該單元內容，直到你不犯絲毫錯誤再開始學習下一單
元。對前一單元的透徹理解是順利學習下一單元的基礎。

12-21單元

正如你所見，接下來的12-20這9個單元選題範圍比較廣泛。
你可以隨意學習，不按先後順序。如果你覺得你需要優先學
會怎樣應付購物，那麼就可以先學習17單元。因為每個單元
都是相對獨立的，所以12-20單元沒有Evaluación，只是某些
單元仍有Para estudiar。21單元是全書的最後總結，本書最後
附有單詞表。

學習本書要循序漸進。把它放在伸手可及的地方，以便你能
順手拾起看上幾分鐘，複習你以前學過的內容，增強記憶。
最重要的就是說（talk），如果可能的話，與講西班牙語的人
或者西班牙語學習者交談；如果不能，就對自己說，對身邊
沒有生命的物體說，對書中假定的角色說（事先告知你的家
人和朋友！）。如果你能找到一個人和你一起學習，那再好不
過了。

完成所有的練習題，要不止一次地做，直到把它們全部記
住。充分使用CD，可以作為背景聲音播放，即使你在一心二
用——在車上，在公園裏，在屋裏做家務等等，即使在你學
習時，也可以使用它。主要目的就在於創造一個持續的西班
牙語的語境，這樣你所學的知識就會總在你的腦海中，不會
被你日常生活中無數的當務之急所掩蓋。課程當中常常會給
你關於提高學習效率的建議。

如果你感覺無論怎樣按照上面所說的方式努力都不能取得進
步，就把這些全部拋開一兩天。

有時候我們的大腦需要休息，對我們所學習的知識進行整理，令人驚訝的是一旦重新開始，我們在沒有刻意努力的那段時間已經取得了進步。

關於歐元的附錄

在本書的編輯出版過程中，包括西班牙在內的歐洲11個國家開始使用歐元，這無疑是金融領域又邁上了一級新台階。作為西班牙語入門者的你不會被帶來什麼特別的麻煩，只是為了幫助你進行兌換，我們在書後附有一個特殊的附錄，在你學完了1-11單元以後，隨時可以學習。

關於標誌

🔘 這個標誌表示下面的部分適合使用CD。

🔵 這個標誌表示一組對話或者獨白。

📖 這個標誌表示一段閱讀。

✔ 這個標誌表示練習——你可以練習使用西班牙語。

🔑 這個標誌表示主要的單詞和短語。

🔖 這個標誌表示語法或者解釋——語言的要點。

✳ 這個標誌引起你對將要說明的要點的注意。

學好西班牙語

本書是在西班牙決定於2002年1月1日開始採用歐元作為官方貨幣之前編寫的。本書中既使用了歐元又使用了西班牙貨幣，是為了使你在交換期同時適應這兩種貨幣。

純正西班牙語的起源

儘管在你學習西班牙語的初級階段，你的語言能力可能僅限於基本的交流，但是在課外練習聽和閱讀仍不失為一個好主意。循序漸進則是不二法門。它將幫助你對學過的知識加強記憶。

■ 報紙和雜誌——大部分城市的主要媒體

■ 衛星電視和有線電視（例如24 horas，TVE）

■ 電台的中波和長波

■ 萬維網（例如 http://es.yahoo.com; http://español.yahoo.com; http://www.lycos.es; http://español.lycos.com）

發音指南

請根據CD中的發音學習這一部分。如果你沒有CD，請根據該指南學習字母以及字母組合的發音。認真地聽和模仿是練習發音的唯一法則。

西班牙語中沒有字母w，但是有三個 (組) 字母是英語中所沒有的。

第一個字母就是ch，發音與英語單詞church的ch發音相同。你會發現在過去的西班牙語字典中ch有其自己的位置，位於c和d之間。

第二個字母是ll，發音同英語單詞million中的lli，例如Sevilla, paella, millón。它在字典中的位置是在l的後面，儘管它看上去和英語中的ll沒什麼不同，但是它有自己獨立的位置。

第三個字母是ñ，它與n不同，發音像在onion中的ni，例如señor, señorita, España。一般沒有以ñ開頭的單詞。

全部的西班牙字母如下，如果你有CD，請仔細聽它們的發音。

a b c ch d e f g h i j (k) l ll m n ñ o p q r s t u v x y z

西班牙語的元音字母

西班牙語的元音字母發音很單一，每個只有一種發音。發音正確對你來說非常重要。

a與cup中的u發音更接近一些，而不是cap中的a：casa, mañana, Salamanca。

e與egg中的e發音相同：Enrique, Benavente。

i與feet中的ee發音相同：fino, finísimo,quiquiriquí。

o與pot中的o發音相同：Pedro, Rodrigo, Santiago de Compostela，沒有know 或者toe中o的音。

u與pool中oo發音相同：Úbeda, Burgos, Lugo。但是u位於g和e或者i之間的時候不發音：guerra, guía, Guernica，除非上面有兩個點：Sigüenza, güisqui。

西班牙語的輔音字母

有些輔音字母的發音和英語字母的發音不同。

b和v的發音幾乎相同，有呼吸聲：Barcelona, Valencia, Vizcaya, Álava, Bilbao, Villaviciosa, Benavente。

z與thing中的th發音相同：Zamora, Zafra, Zaragoza。

c後面跟字母i和e的時候，與英語中的規則一樣：Barcelona, Valencia, Albacete，嘗試讀一下civilización。

d的發音比在英語中輕，尤其在詞尾時，有點像th：Madrid, Valladolid, El Cid。

h不發音：Huelva, Majadahonda, Alhambra。

j是喉音，與蘇格蘭人在loch中ch的發音相近：Jaén, Jijona, José, Javier。

g後面接e或者i時和j一樣，也是喉音：Jorge, Gijón, Gerona，但是後面接a，o或者u時發音較重，像在英語gut中的發音。

qu發音像英語中的k：quiosco, Enrique, Jadraque (字母k只在西班牙語的少數幾個外來語單詞中存在，例如kilogramo, kilómetro, Kodak。)

r是顫音，舌尖連續輕彈一兩次，rr表示顫音更加強烈：Granada, Coruña, Rodrigo, Guadarrama, Torrejón。

重讀規則

如果是以除了n或者s以外的輔音字母結尾，那麼西班牙語單詞的最後一個音節重讀：Valladolid, El Escorial, Santander, Gibraltar。

如果單詞以n或者s或者元音結尾時，倒數第二個音節重讀：Granada, Toledo, Valepeñas。

如果有某些例外，書中會表明重讀的音節：José, Gijón, kilómetro, Cádiz, Málaga, civilización。(所有以-ión結尾的單詞，重音都落在該音節上。) 所以你要根據重音位置朗讀。

還有一點要知道的是：重音落在si上來區分sí和si。

現在你練習下列地名的發音，對照地圖，看看它們位於哪裏。

1	La Coruña	13	Santiago de Compostela
2	San Sebastián	14	Bilbao
3	Burgos	15	Pamplona
4	Zaragoza	16	Barcelona
5	Tarragona	17	Valladolid
6	Salamanca	18	Zamora
7	Madrid	19	Toledo
8	Cuenca	20	Albacete
9	Badajoz	21	Cáceres
10	Sevilla	22	Córdoba
11	Granada	23	Almería
12	Málaga	24	Cádiz

最基本的用語

這裏有一些基本的日常用語，也可以用來練習發音。

問候	**Buenos días**
	Buenas tardes
	Buenas noches
	Hola
再見	**Adiós**
	Hasta luego

本書的單元1將學習這些內容。

現在練習說這些禮貌用語：

請	**Por favor**
謝謝	**Gracias; muchas gracias**
不客氣	**De nada**
對不起	**Perdone**

緊急用語：

| 我可以……嗎？ | **¿Se puede?** |

（如果你想坐下，開窗戶，請人讓路等等，可以這樣說。）

| 夠了，謝謝你。 | **Basta, gracias.** |

（如果就餐時，你的盤子已經滿了，可以這樣表示。）

| 我不明白。 | **No entiendo.** |
| 我不知道。 | **No sé.** |

1 | ¿QUIÉN ES QUIÉN?
誰是誰？

在這一單元你將學習如何：

■ 介紹自己
■ 詢問他人姓名
■ 回答你的名字以及詢問他人的名字
■ 使用基本的禮貌用語

Antes de empezar 開始之前

首先確定你已經在引言中讀過學習指南，它將為你如何充分利用該課程提供有用的建議。如果你有CD，那就盡可能多地使用它們，利用暫停鍵反複練習短語，直到你能很自然的講出來。

☑ Actividad

1 你可能已經認識了幾個西班牙語單詞。如果你能想起來像"你好"，"謝謝"，"請"這樣的單詞，請大聲說出來，然後對照第12頁的單詞表查看自己是否正確。

buenos días, señor 早上好 （先生）（用於下午3點鐘之前） **buenas tardes, señorita** 下午 好（小姐），（用於天黑之前） **buenas noches, señora** 晚安 （夫人） **hasta luego** 再見，回頭見	**gracias** 謝謝你 **por favor** 請 **sí** 是的 **no** 不 **hola** 你好 **perdone** 對不起，請原諒 **de nada** 沒關係

Comentario

西班牙語中的問候語**Buenos días, Buenas tardes, Buenas noches**與英語中的Good morning/Good day（早上好／日安），Good afternoon（下午好），Good evening/Good night（晚上好／晚安）並非完全一一對應。**Buenos días**用於第一頓主餐前的那段時間，對大部分西班牙人來說，大致是在下午2點鐘左右，或者再晚些到3點鐘。此後則用**Buenas tardes**。**Buenas noches**用於晚上或者要上床睡覺時。**Hola**是非正式問候語，相當於Hello（你好），任何時候都可以用。

當說再見的時候，**hasta luego**表示"稍後再見"，而**Adíos**表示"再見"，用在一段時間內你不會再見到那個人時。

Diálogo 1

伊莎貝爾（Isabel）將要和帕克（Paco）的一些同事聚會。在派對開始之前，帕克給她看一些照片（見11頁），她讓帕克給她介紹這些人。

Isabel ¿Quien es este señor?
Paco Es el señor Ortega.
Isabel Esta señora, ¿es Luisa?
Paco No. No es Luisa, es Juanita.
Isabel Y estos señores, ¿quiénes son?
Paco Estos son los señores Herrero.

隨後伊莎貝爾向其中的一個人介紹她自己。

Isabel	Señor Herrero, buenas tardes.
Sr. Ortega	No soy el señor Herrero, soy el señor Ortega.
Isabel	Oh, perdone, señor…
Sr. Ortega	De nada, señorita. Y ¿quién es Vd.? Vd. es Isabel, ¿no?
Isabel	Sí, soy Isabel.

este señor 這位男士／紳士	**¿quién es?** 他／她／它是誰／你是誰？
esta señora/señorita 這位女士／夫人	**¿quiénes son?** 他們是誰？
esta señorita 這個女孩	**soy** 我是
estos señores 這些人／女士和先生	**usted, ustedes** 你們（常常寫成Vd., Vds., 但是唸成usted, ustedes）
es 他／她／它是，你是	
son 他們是，你們是（複數形式）	

🔊 Para estudiar

1 陽性詞和陰性詞

在對話中你遇到了**este señor**和**esta señora**。**Este**和**esta**是同一個單詞的陰性和陽性形式，使用時我們必須區分它們的用法，因為**señor**是陽性的，而**señora**是陰性的。在西班牙語中，不僅僅男人和女人，男孩和女孩有明顯的詞格區分，任何名詞都有陰陽格。這種區別稱為名詞的性，你可以從名詞的詞尾辨別它。例如，幾乎所有以**-o**結尾的單詞都是陽性的，以**-a**結尾的單詞都是陰性的。詞的性很重要，因為它影響句子中其他單詞的形式。關於這一點，下個單元會詳加講述。如果你覺得這是一個很奇怪的新概念，也不必擔心——事實上，在西班牙語中它不會產生任何麻煩。

2 Estos　這些

Estos與複數名詞連用，指幾個陽性事物／人或者混合的事物／人，例如，**este señores**，意思是"這些男人或者這些男人和女人"。

3 疑問句

在西班牙語中，造疑問句很容易。一種方式是在句子的結尾加"¿no?"，記住句尾要用升調表示疑問的口氣。這相當於英語中的isn't it, aren't you（是嗎）等。

Vd. es Isabel.	你是伊莎貝爾。
Vd. es Isabel, ¿no?	你是伊莎貝爾嗎？

另一種方式是調換**Vd. es, Vds. son**的位置：

¿Es Vd. Isabel?	你是伊莎貝爾嗎？
¿Son Vds. los señores	你們是埃維熱先生和埃維熱太太嗎？
Herrero?	

你可能已經注意到在西班牙語的書寫中，使用兩個問號表示疑問，句子開頭的那個問號方向上下顛倒，結尾的那個則是正常的。如果只有一部分表示疑問，問號就只用在那一部份的開頭和結尾，例如**Vd. es Isabel ¿no**？。感嘆號用法與它相同。**Paco ¡es Vd!** 帕克，是你！

4 正式的 “你”

Usted（複數形式**ustedes**）意思是 “你”，但不包括指代非常熟悉的人或者孩子（或者動物和上帝）。書面常常縮寫成**Vd.**（複數形式**Vds.**）。還有另外一個不太正式的 “你” 的説法，但在11單元之前你不需要用它。

5 怎樣表達否定

當你想要表達否定的意思時，只需要把no放在動詞的前面。實際上這一點你在**No, no es Luisa**和No **soy el señor Herrero**中就可以看出來。

☑ Actividades

2 在下面所示的時間內，你如何向所規定的人打招呼？

   a 一個你熟悉的商人 (男士)，上午10點

   b 一個你認識的女孩，下午1點

   c 你曾經見過幾次的年長夫婦，下午6點

   d 派對中的一個朋友，晚上9點

   e 你要上床睡覺時對你的家人，晚上11點

3 有人想要你向他們介紹下列人，用括號中所給的信息回答問題。

   a ¿Quién es este señor? (Paco)

   b ¿Quién es esta señorita? (Isabel)

   c ¿Quién es esta señora? (Sra. Ortega)

   d ¿Quiénes son estos señores? (Sres. Herrero)

   e Este señor, ¿es Pedro? (Paco)

   f Esta señorita, ¿es Luisa? (Isabel)

   g Estos señores, ¿son los señores García? (Sres. Alba)

4 將下列句子變成問句，a、b、c三句話加 "¿no？"，d、e兩句用改變順序的方法。

   a Estos señores son los señores Méndez.

   b Este señor es Paco.

   c Esta señorita es Juanita.

   d Vd. es Paco.

   e Vds. son los señores Alba.

¿Cómo se llama? 你叫什麼名字？

◑ Diálogo 2

這次帕克應邀參加伊莎貝爾的派對，那裏的人他一個也不認識。他請她通過照片介紹幾個人。

Paco   ¿Cómo se llama esta señorita?

Isabel   Se llama Ana.

Paco	Y este señor, ¿cómo se llama?
Isabel	Éste es el señor Carrera.
Paco	Estos señores, ¿quiénes son?
Isabel	Son los señores Alba.

在派對中帕克向阿爾巴先生和夫人介紹自己——他比伊莎貝爾的記
性好！

Paco	Buenas tardes, señores. Me llamo Paco. Vds. son los señores Alba, ¿no?
Sra. Alba	Sí, somos los señores Alba.

---

se llama 他／她被稱為……，
你被稱為……
me llamo 我叫……，我的名字
叫……

¿Cómo se llama Vd.? 怎樣稱
呼你？你叫什麼名字？
somos 我們是……

Para estudiar

1 Me llamo 我的名字叫……

區分你自己和他人姓名的另一個辦法是用 **me llamo** (我的名字叫…
…) 和 **se llama** (他／她的名字叫……，你的名字叫……) 。要問別人
的名字，把 **¿Cómo?** 這個詞放在問句的開頭：

¿Cómo se llama?   他／她／它的名字叫什麼？
他／她／它叫什麼名字？

¿Cómo se llama Vd.?   你的名字叫什麼？
你叫什麼名字？

2 關於問句

你可能已經看到像**¿quién?** (誰) 和**¿cómo?** (怎樣) 這樣的疑問詞都重
讀。但這並不表示重音就落在此處 (見發音指南，p4) ，它只是表示
這個詞用在了疑問句而不是陳述句當中。你會發現在陳述句中這兩
個詞不重讀。

18

Documento número 1

HOTEL **
SAN NICOLAS

Plaza de Armas, 6 - Teléfono (943) 64 42 78
20.280 HONDARRIBIA

¿Cómo se llama este hotel?

✔ Actividades

5 對下列句子進行提問。

a Me llamo Paco.
b Se llama Isabel.
c Me llamo señora Méndez.
d Se llama señor Méndez.
e No. No me llamo Pedro. Me Llamo Paco.
f No. No se llama Luisa. Se llama Isabel.
g Sí. Somos Pedro y Conchita Ortega.

6 根據下面所給的提示填空，A欄中的單詞恰好就是你離開西班牙時所用的詞。

a 介紹你自己的方式；
b 如果你撞到別人你會説什麼；
c 你想知道那個人是誰；
d 朋友之間的問候；
e 你必須走，但是你很快就會回來——你會説什麼？

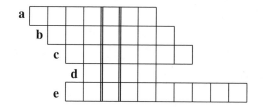

恭喜你已經學完了本課程的第一單元！在這一單元中，還有許多知識去學習。在學習第二單元以前，你要明確自己完全掌握了本單元的知識，這是非常重要的。記住對照書後面的答案部分 **(Clave)** 檢查自己在練習 **(Actividades)** 中做得怎樣。要不斷的聽和重複短語，直到完全熟悉為止。然後再對自己做一個最後的記憶測試，通過下面的小測驗，檢查自己對第一單元的理解程度。

✔ Evaluación

請回答以下問題：

1 問某人他們是誰 (用兩種方式)。
2 告訴某人你是誰 (用兩種方式)。
3 與別人一起做 "你的名字叫…" 的對話。
4 你因為打翻了一個女孩的飲料而道歉。
5 確認一對夫婦是否是曼德先生和曼德太太。

2 ¿DE DÓNDE ES?
你從哪兒來？

在這一單元中你將學習如何：

■ 詢問別人從哪兒來？

■ 得知別人的國籍和介紹自己的國籍

🎧 Diálogo

聽 (或者讀) 兩遍下面的對話，按暫停鍵重複短語。

Sra. Méndez	¿De dónde es, Paco?
Paco	Soy de Madrid. Soy madrileño. Y ¿Vd.?
Sra. Méndez	Soy de Madrid también. Soy madrileña.
Paco	Y Ana, es española, ¿verdad?
Sra. Méndez	Sí, es española, es catalana. Los señores Alba son españoles también.
Paco	¿De dónde son?
Sra. Méndez	Son de Sevilla los dos.

¿de dónde es...? ¿de dónde son...? 從哪兒來？
madrileño 來自馬德里，一個來自馬德里的男人／人

también 也
madrileña 來自馬德里，一個來自馬德里的女人
los dos 兩者 (都)

Para estudiar

國籍

要表達你的或者某人的國籍，用你在辨認某人時所用的 **soy, es, somos, son**，後面加上國籍：**soy inglés, es español/española**。注意表示國籍的那個單詞的詞尾必須根據其修飾的人物的性別而變格。如果你談論的是多個人，也要改變詞尾：**somos americanos, son franceses**。這裏有幾個陽性名詞、陰性名詞、複數名詞的例子：

國家	陽性名詞	陰性名詞	複數名詞
América	americano	americana	americanos
Australia	australiano	australiana	australianos
Italia	italiano	italiana	italianos
Francia	francés	francesa	franceses
Escocia	escocés	escocesa	escoceses
Irlanda	irlandés	irlandesa	irlandeses
Alemania	alemán	alemana	alemanes

Alemania 是西班牙語的德國。

當你想說"一個西班牙女人"或者"一個法國男人"時，也可以使用這些表示國家的單詞。例如 **Un francés** 就表示"一個法國男人"。

✔ Actividad

1 a 表達你從哪兒來。

  b 表達你是英國人。

  c 表達你不是西班牙人。

  d 詢問帕克是不是西班牙人。

  e 詢問伊莎貝爾是不是西班牙人。

  f 詢問伊莎貝爾從哪兒來。

  g 詢問曼德一家人從哪兒來。

  h 詢問曼德一家人是否來自馬德里。

  i 詢問曼德一家人是不是西班牙人。

  j 表達你和你的朋友是英國人。

  k 表達你和你的朋友不是西班牙人。

🔊 Comentario

並非所有的西班牙人都説"**soy español(a)**"。例如某些人如果是來自西班牙東北部或者巴塞羅那,就會堅持説"**soy catalán, soy catalana, soy de Cataluña, somos catalanes, somos de Cataluña**"。

而來自巴斯克地區的人更願意把自己當成是巴斯克人,而不是西班牙人。他們會説:"**soy vasco, soy vasca, soy de Euzkadi, somos vascos, somos de Euzkadi**"。Euzkadi是巴斯克地區獨有的巴斯克語。

在西班牙,區分地域性或者民族性的語言很重要,尤其是在仍然講述自己語言的地區,例如加泰羅尼亞和巴斯克。

巴斯克語與西班牙語有所不同。它是一種非常古老的語言,格外難學。加泰羅語也是從西班牙語中分離出來的一種語言,需要另外學習,但是又與巴斯克語不同,它比較接近西班牙語,因為它也起源於拉丁語系。有時候西班牙語就是指卡斯蒂利亞語 (**castellano**或者 Castilian) 。一個來自巴塞羅那 (加泰羅尼亞的首府) 的人就會説: **soy de Barcelona. Soy barcelonés. Soy catalán y también español. Hablo** (我説) **catalán y también castellano.**

西班牙人對家鄉的依戀感特別強,即使他們已經遠離那個地方。正是這種對家鄉的忠誠,西班牙被分為許多自治區或者是有大量自治權的地區。地區自豪感在他們對家鄉或者城市的依戀和忠誠中表現得非常明顯。這一點與英國不同,只有很少像Londoner或者Mancunian這樣的詞,而在西班牙則不論地方大小,任何城鎮的居民都有類似的名稱。例如,一個來自Seville的人會介紹自己為**un sevillano**。

✓ Actividad

2 説出下列人從哪裏來。例如**Un sevillano es de Sevilla**———一個來自塞維利亞的塞維利亞人。注意un **sevillano**,意為"一個來自塞維利亞的男人"。下面的這些詞並非都很明顯,所以你需要翻回到第9頁查看引言中介紹的地圖。

a Un sevillano.　　　Un madrileño.　　　Un barcelonés.
b Un granadino.　　　Un cordobés.　　　Un malagueño.
c Un burgalés.　　　Un zaragozano.　　　Un tarraconense.
d Un toledano.　　　Un salmantino.　　　Un vallisoletano (!)
e Un zamorano.　　　Un conquense.　　　Un gaditano (!!)
f Un donostiarra (!!!)

6 Para estudiar

1 Un, una 一個 (a, an)

正如上面的短語所示，一個法國人 (a Frenchman) 中的一個 (a) 在西班牙語中就用un。如果是陰性名詞，就用una。還要注意下面的前三個例子，在西班牙語中，修飾詞要放在人的後面，

un señor español　　　一個西班牙男人

una señorita francesa　　　一個法國女孩

una señora vasca　　　一個巴斯克女士

un irlandés　　　一個愛爾蘭男人

una inglesa　　　一個英國女人

再看一次**Actividad 2**中的短語，你就會知道如何稱呼西班牙某些城市的男性居民：一個塞維利亞人，一個柯多瓦人等。如果我們想表示一個女性居民，就應該把**un**變成**una**。所有的詞尾**-o**都應變成**-a**，像這樣：**una sevillana; una madrileña; una granadina; una gaditana**。

那些以 **-s**結尾的單詞應該加上 **-a**，如： **una barcelonesa; una cordobesa; una burgalesa**。以**-e**或者**-a**結尾的單詞不用再變了，如：**una tarraconense; una conquense; una donostiarra**。

所以，"一個"在西班牙語中有兩種表達形式，**un**和**una**；一般説來 (也有例外)，以**-o**結尾的單詞前用**un** (陽性詞)，以**-a**結尾的單詞前用una (陰性詞)。你繼續向後學習，將學到其他字母結尾的單詞。你將看到，不僅僅是人，任何事物都分陰陽性。

2 語言

表示民族的單數陽性名詞也可以表示語言。所以要表達你會講英語和西班牙語可以這樣説：**Hablo inglés y español**。要表達某人會講西班牙語可以説：**Habla español**。當你向一個西班牙人介紹自己或者問對方名字時，可以用你在第一單元中學過的句子。他們會用"**Habla español muy bien.**"(你的西班牙語講得很好) 來讚賞你。

講西班牙語的國家

即使他們不問你"**¿Es Vd. español?**"或者"**¿Es Vd. española?**"。注意
在西班牙語中,表示哪國人和語言的單詞第一個字母不用大寫,只有
表示國家本身的單詞例外──**español, española, españoles, España**。

✔ Actividades

3 有7種語言的名稱隱藏在下面的尋詞遊戲中。在這個單元中你遇
到了其中的5個,還有兩個你可以猜一猜。這些單詞的方向有向
右、向下、向上、向後以及對角線方向。

```
I  G  O  E  R  M  C  P
T  O  S  S  L  A  R  A
A  L  U  P  T  W  S  N
L  F  R  A  N  C  E  S
I  P  L  N  O  R  L  E
A  A  R  O  T  P  G  N
N  Z  M  L  I  F  N  A
O  P  S  E  B  L  I  D
```

4 假設你正與一個西班牙朋友安東尼奧談論你懂得哪種語言,請完
成下面的對話。(注:entiendo意為"我知道,我明白")

Antonio		Vd. habla inglés, ¿verdad?
a 你		說是的,你講英語。
Antonio		¿Es Vd. americano?
b 你		告訴他你的國籍,並問他:"你是加泰羅人,是嗎?"
Antonio		Sí, barcelonés. Hablo catalán. ¿Entiende Vd. catalán?
c 你		說不,你不懂加泰羅語。你懂法語和西班牙語。
Antonio		Vd. habla español muy bien.
d 你		說非常感謝你。

5 幾個人在講述自己來自哪個城市，母語是什麼。請將左右幾組短語對應起來。

a	soy de Berlín	**i**	hablo inglés
b	soy de Londres	**ii**	hablo francés
c	soy de Buenos Aires	**iii**	hablo catalán
d	soy de Barcelona	**iv**	hablo alemán
e	soy de París	**v**	hablo español

Documento número 2

Un pequeño anuncio para Radio 3. El eslogan es 'Somos como somos'.
(廣播3台的一則小廣告，其口號是："我們就是我們"。)
你怎樣表達"我就是我"?

✔ Evaluación

你能：

1 說出你從哪個城市來嗎？
2 說出你的國籍嗎？
3 說出你講哪種語言嗎？
4 告訴某人他／她的英語講得很好嗎？
5 問某人他／她從哪裏來嗎？
6 問某人他／她是西班牙人還是英國人嗎？
7 分別給出來自下列地方的人的陰性和陽性形式：
   a España **b** Escocia **c** Cataluña **d** Euskadi **e** Alemania?

3 | MÁS SOBRE VD. MISMO
詳細地介紹你自己

在這一單元，你將學習如何：
- 表示你在哪兒居住和工作
- 詢問他人的工作及其工作地點
- 把你的地址告訴他人
- 數字0-20

📖 Lectura

🎧 聽 (或者讀) 下面這段關於帕克和伊莎貝爾的介紹。生詞參見28頁的
生詞表，但是你應該能猜出來他們的工作。

Paco vive y trabaja en Madrid.
Isabel vive y trabaja en Madrid
también. Paco trabaja como
arquitecto en una oficina de la
calle Goya. Isabel trabaja como
administradora en la oficina de
IBERIA – Lineas Aéreas de
España – en la calle María de
Molina.

Paco trabaja en la calle Goya, pero vive en la calle Meléndez Valdés, en un apartamento. Isabel vive con la familia en un piso de la calle Almagro. El apartamento de Paco es pequeño, pero el piso de la familia de Isabel es muy grande.

vive y trabaja	居住和工作	**un piso**	一套公寓
en	在……裏面	**un apartamento**	一套小公寓
como	作為	**pequeño**	小的
una oficina	一家公司	**pero**	但是
la calle	街道	**muy**	非常，很
con	和，與……一起	**grande**	大的，巨大的
la familia	家庭，全家		

Actividades

1 判斷下列句子的正誤，正確的用verdad表示，錯誤的用falso表示。

	Verdad	Falso
a Isabel vive en Madrid.	☐	☐
b Paco vive con la familia de Isabel.	☐	☐
c Isabel trabaja en un colegio.	☐	☐
d Paco trabaja como profesor.	☐	☐
e La oficina de Paco está en Goya.	☐	☐
f Paco vive en la calle Meléndez Valdés.	☐	☐

2 回答下列問題。

a ¿Dónde trabaja Paco?
b ¿Dónde vive Paco?
c ¿Dónde trabaja Isabel?
d ¿Dónde vive Isabel?
e ¿Vive Paco en un piso grande?
f ¿Vive Isabel en la calle Goya?
g ¿Quién vive en la calle Meléndez Valdés?
h ¿Quién trabaja en María de Molina?
i ¿Trabaja Paco como administrador?
j ¿De quién es la oficina en María de Molina?

🔊 Para estudiar

El, la, los, las 是定冠詞，相當於英文的The

在單元2中你會發現西班牙語中有兩個不定冠詞un和una，分別表示英文的a和an，根據名詞的陰陽性而定。西班牙語中也有不止一個定冠詞，**el**用於陽性名詞，**la**用於陰性名詞。因此有以下形式：

el apartamento, el piso, el arquitecto, el señor, la oficina, la familia, la señora, la calle (並非所有的陰性名詞都以-a結尾！)

當用定冠詞修飾名詞複數時，需要用兩種形式。**El**變成**los**，**la**變成**las**。因此有以下形式：

los apartamentos, los pisos, los arquitectos, los señores, las oficinas, las familias, las señoras, las calles

✳ 你也許還記得單元1中的內容，當你使用某人的名字談論該人時，需要用定冠詞 (**el, la, los**或者**las**)。例如：

El señor Méndez no entiende alemán.	曼德先生不懂德語。
La señorita Carrera es madrileña.	卡瑞拉小姐來自馬德里。
Los señores Alba son sevillanos.	阿爾巴夫婦來自塞維利亞。

但是當與那個人面對面的談話時，就不用定冠詞。除非你問他們是誰。

Señor Méndez, ¿habla Vd. inglés?
Buenos días, señorita Carrera.
¿Son Vds. **los** señores Alba?

✔️ Actividad

3 用**el, la, los**或者**las**填空。

a … apartamentos son generalmente pequeños.
b ¿Dónde trabaja … arquitecto?

c Isabel vive con … familia.

d ¿Dónde están … oficinas de Isabel y Paco?

e … señores Méndez son españoles.

f Paco vive en … calle Meléndez Valdés.

g … piso donde vive Isabel es muy grande.

◓ Para estudiar

¿Qué hace Vd.? 你是做什麼工作的？

詢問某人做什麼工作有兩種簡單的方式。其中一種就是問 "¿Qué hace Vd.?"，許多回答都與英語很接近，但是在西班牙語中，大多數回答都有陰陽格的區分。這裏有一些例子，當你問 "¿Qué hace Vd.?" 時，他可能回答：

	陽性	陰性	
soy	actor	actriz	男演員／女演員
soy	profesor	profesora	老師
soy	administrador	administradora	官員
soy	camarero	camarera	男侍應生／女侍應生
soy	director de empresa	directora de empresa	公司董事
soy	enfermero	enfermera	護士

有些表示職位的單詞，無論他們指的是男性或者女性，形式是一樣的。其中包括那些以**-ista**或者**e**結尾的單詞。例如：

un/una taxista	的士司機
un/una artista	一名藝術家
un/una periodista	一個記者
un/una contable	一位會計師
un/una intérprete	一個傳譯員
un/una estudiante	一名學生

另一種詢問別人工作的方式是説 "**¿Dónde trabaja Vd.?**"（你在哪兒工作？），下面列出幾個答案：

Trabajo en una oficina.	我在一家公司工作。
Trabajo en una agencia de turismo.	我在一家旅遊公司／代理處工作。
Trabajo en un colegio.	我在學校上班。
Trabajo en un hospital.	我在醫院上班。
Trabajo en casa.	我在家工作。

✱ 注意：這裏還有兩個疑問時重讀的例子：**¿Dónde?** 和**¿Qué?**

✅ Actividad

4 將職位 (在左列) 和其對應的工作地點 (在右列) 連線。有些地點可多次作為答案。

a Es profesor – trabaja en…   un café
b Soy administradora – trabajo en…   un hospital
c Soy enfermera – trabajo en…   un colegio
d Es arquitecto – trabaja en…   una oficina
e Es actriz – trabaja en…   un teatro
f Soy camarero – trabajo en…

🎧 Diálogo

🎧 理查德問帕克和伊莎貝爾他們在哪兒居住和工作。先聽 (或者讀) 兩遍下面的對話，然後繼續學習本單元，看看如何表示你在哪兒生活。

Ricardo	¿Dónde vive Vd., Isabel?
Isabel	Vivo en Madrid, en la calle Almagro.
Ricardo	¿Y dónde trabaja?
Isabel	Trabajo en la calle María de Molina.
Ricardo	¿Y Vd., Paco?
Paco	Vivo en Madrid también.
Ricardo	¿Dónde en Madrid?
Paco	En la calle Meléndez Valdés, número cinco, tercero D.
Ricardo	¿Y trabaja Vd. en Madrid?
Paco	Sí, trabajo en la calle Goya.

⓪ Para estudiar

1 我工作，我居住，我⋯⋯

Trabajo和**vivo**意思是"我工作和我居住"。當你想說"我"做什麼事情時，你會發現單詞幾乎總是以-o結尾，就像在幾個例子中你看到的：**hablo, me llamo, entiendo**。不合乎該規則的只有極少數。例如表示"我是"用**soy**。

⓪ 2 Números 0–20　數字0-20

0	cero	11	once
1	uno	12	doce
2	dos	13	trece
3	tres	14	catorce
4	cuatro	15	quince
5	cinco	16	dieciséis
6	seis	17	diecisiete
7	siete	18	dieciocho
8	ocho	19	diecinueve
9	nueve	20	veinte
10	diez		

好好學習這些數字，不要只按照順序，還要打破順序記住它們。

3 ¿Dónde vive?　你在哪兒居住？

根據內容，你可能只需要做出大概的回答，像**vivo en Madrid**或者**vivo en Londres**。但是在某些場合，你也許要回答出地址；為了拜訪西班牙的朋友或者到某些地方旅遊，當朋友告訴你他們的地址時，你還要能夠聽明白。

這裏有一個典型的表示地址的例子(**la dirección**)。

La dirección de Isabel es:

Señorita Isabel Ballester García
Almagro 14, 6°A
28010 Madrid
España

注意，儘管其他單詞，例如**avenida, plaza, paseo**通常都不省略，但是你可以不用單詞**calle**。數字6°A表示sexto A，也就是A公寓六樓。28010是馬德里 (28) 和街區 (010) 的郵政編號。

這是帕克的地址： (帕克是法蘭西斯克的簡稱。)

Señor Don Francisco Ruiz Gallego
Meléndez Valdés 5, 3°D
28015 Madrid
España

☑ **Actividad**

5 a 問帕克住在哪兒。 (他將怎樣回答？)

 b 問伊莎貝爾在哪兒工作。 (她將怎樣回答？)

 c 告訴帕克你也住在一個小公寓 。

 d 告訴伊莎貝爾你也在一家公司工作。

 e 告訴她你的西班牙語講的還 (**todavía**) 不太好。

 f 說出你的國籍和你會的語言。

🎙 Comentario

你可能已經注意到兩件事情。第一件就是伊莎貝爾和帕克有兩個姓氏，所有的西班牙人都如此。他們取其父親名字的前一個詞和母親名字的前一個詞。任何情況下，西班牙女士婚後仍保持原來的名字，當夫婦一起被介紹時才用丈夫的姓氏，例如**los señores Méndez**。如果你只想使用一個人的姓氏，而且你是非正式的情況下稱呼，那麼它必須是姓氏中的第一個詞。因此Francisco Ruiz Gallego的朋友稱呼他為**Paco Ruiz**。你還可能注意到書中**don**的用法。在正式場合它與名字一起連用 (從來不與單獨的姓氏連用)。已婚的婦女用doña。Señor Méndez的夫人稱呼為**Señora Doña Aurora Lozano Bonet**，根本就沒提Señor Méndez！但是**Doña**通常不和未婚女士的名字連用。這一點在12單元還有詳細內容。

✅ Actividad

6 除了1個數字以外，學過的0-12這些數字都藏在這個尋詞遊戲中。這些單詞的方向有向右、向下、向上、向後以及對角線方向。沒寫出來的那個數字是幾？

L	C	U	A	T	R	O	N
O	T	P	O	R	E	C	R
Z	C	L	T	E	C	N	O
E	O	H	V	S	E	I	S
I	N	E	O	C	C	C	A
D	U	D	N	T	O	M	L
N	R	O	E	A	D	I	P

✅ Evaluación

你能完成下列問題嗎？

1 從20往後數到0。
2 説出帕克在哪兒住。
3 問伊莎貝爾她做什麼工作以及在哪兒工作。
4 表達你是一名公司董事。
5 表達你在哪兒居住和工作。

Documento número 3

```
AV. DE ARAGON
Próximo aeropuerto

PISOS A ESTRENAR
4 dormitorios.
2 baños.
Cocina Amueblada.
Plaza de Garaje

Directamente
propiedad
Telf.: 533 14 04
horas oficina
```

機場附近銷售一些新公寓。

a 它們有多少間臥室？

b 你可以把車子停放在哪兒？

c 你可以在什麼時間給代理處打電話？

4 ¿CÓMO ESTÁ USTED?
你好嗎？

在這一單元，你將學習如何：

■ 詢問他人的健康狀況以及回答別人對你的詢問
■ 描述人和事物
■ 表達東西在哪兒

Antes de empezar 開始之前

☑ Actividad

現在你可以用西班牙語很詳細地介紹自己的情況了。你可以寫或者
說至少六個句子來介紹自己和表達你在哪裏工作和生活。並試着用
類似的較長的一段話介紹一個親戚或者朋友。

🔯 Para estudiar

To be or ……是

你可能已經知道了在西班牙語中表示"我是，他是等"是這樣的：

soy	我是	somos	我們是
es	他／她／它是	son	他們是
Vd. es	你是	Vds. son	你們是

但是在英語中，如果我們想表示我們在哪兒，或者什麼東西在哪
兒，以及我們感覺怎麼樣，處於什麼狀態——疲憊、高興、生病、
健康、已婚、單身等的時候，我們使用一組單詞表達"我是，你是"
等，這一點與西班牙語完全不同。

如下文獨白所示，一個囉唆的男人正在沙灘上與他的鄰居喋喋不
休。根據上下文，你可以注意到他根本就不等待回答，只管從一組
單詞跳到另一組單詞。當他想描述自己或者什麼東西 (單數) 時，就
用soy和es，在表達或詢問自己、他人或他物 (複數) 怎樣以及在哪兒
時，就用estoy, está, estamos, están。

⏺ Monólogo

"**Soy** argentino, pero en este momento **estoy** en España. **Estoy** de vacaciones,
y **estoy** muy contento. Mi familia **está** aquí también. **Estamos** todos muy
contentos. Y Vd., ¿**está** Vd. de vacaciones? ¿**Está** la familia también? ¿En que
hotel **están** Vds.? Ah, **es** un hotel magnífico. ¿**Es** Vd. millonario? ¿Qué hace
Vd. pues? Ah, un artista. Vd. **es** muy famoso, **estoy** seguro."

estoy de vacaciones 我在渡假		**estamos contentos** 我們很高興	
están 他們／你們是		**aquí** 這裏	
estoy contento/seguro 我很高興／確定		**todo/toda/todos/todas** 所有的，每一個	

⏺ Para estudiar

⏺ Soy o estoy 我是……

我們的西班牙朋友説：
  Soy Paco. Estoy soltero (單身).
  Soy Isabel. Estoy soltera.
  Somos los señores Méndez. Estamos casados (已婚).
我們可以這樣説：
  Paco es español. Está soltero.
  Isabel es española. Está soltera también, pero los señores Méndez están
  casados, naturalmente (當然).

這些單詞在¿Cómo está Vd.?和¿Cómo están Vds.?(你／你們好嗎？)
中最常見。

對此，我們應該這樣回答：

Estoy bien, gracias. Estamos bien, gracias. ¿Y Vd.? ¿Y Vds.? 我很
好，謝謝你。我們很好，謝謝你。你呢？

如果你問的是第三者：

   ¿Cómo está Paco? ¿Cómo están los señores Méndez?

你將聽到這樣的回答：

   Está bien. Están muy bien los dos.   他很好。他們都很好。

✳ 這裏還有一個細微之處，如果你問¿**Cómo es Paco?**，你是想問帕克
是個什麼樣的人——個子高的還是矮的，是否友善等等。如果你問
¿**Cómo está Paco?**，你就是在詢問帕克的精神狀態——是否健康、
快樂、疲憊等。

我們前文說過**Paco está soltero**。意思是他現在單身，但是將來可能
會結婚。如果你說**Paco es soltero**那就意味着他終生是個單身漢。你
可以邊敲門邊問¿**Está Isabel?**。意思是伊莎貝爾在家嗎？也就是你
要問她在哪兒而並非問她是做什麼的。你會得到這樣的回答**sí está**
或者**no, no está**。

✔ Actividades

1 用下面三個欄內的單詞組成八個符合事實的句子。

Paco		una compañía importante
Isabel		madrileños
Los señores Méndez	es	en la calle Goya
El apartamento de Paco	está	madrileña
IBERIA	son	pequeño
Isabel y Paco	están	muy grande
El piso de Isabel		casados
La oficina de Paco		español

2 選擇填空。

no es   no está   no son   no están

a Isabel y Paco … casados.
b Isabel … catalana.
c El señor Méndez … barcelonés.
d La calle Goya … en Sevilla.
e En general, los taxistas … millonarios.
f Doña Aurora y doña Luisa … contentas.
g París … en España.
h Los terroristas … simpáticos.

記住要對照書後面的**Clave**檢查你的答案。

小結‧我們用**soy, es, somos**和**son**表示特徵（永久的），用**estoy, está, estamos**和**están**表示狀態（臨時的）以及方位（臨時和永久的均可）。

Documento número 4

a ¿Cómo se llama èste restaurante?
b ¿Dónde está?
c ¿En qué calle está?

(**Horno de asar** 表示它專門用於燒烤；**un horno**是"烤爐"；asar意思是"烤"。)

Diálogo

理查德遇到了帕克，問起伊莎貝爾的情況。對照下面給出的關鍵單詞，請聽 (或者讀) 這段對話，然後練習大聲朗讀每一句。

Ricardo	¿Cómo está Vd., Paco?
Paco	Estoy muy bien, gracias. ¿Y Vd.?
Ricardo	Muy bien. ¿Dónde está Isabel?
Paco	Está en casa.
Ricardo	¿En casa? ¿No trabaja? ¿Está de vacaciones?
Paco	No, no está de vacaciones. No está muy bien. Está constipada.
Ricardo	Entonces la llamo por teléfono. ¿Qué número es?
Paco	Es el 2171806 (dos, diecisiete, dieciocho, cero seis).

está constipada 她患了感冒	**la llamo por teléfono**	我將給
entonces 那麼，然後	她打電話	

 Comentario

在西班牙，電話號碼通常兩位兩位的讀出來。如果位數是奇數，第一位數字就單獨表示，例如2121611就説成**dos, doce, dieciséis, once**，而 101420則 説 成 **diez, catorce, veinte**。

☑ Actividades

3 一個西班牙朋友正在與你談起你的一位英國同事，是他在去英國
旅行時遇到的。請根據此背景完成下面的對話。

Antonio	¿Cómo está Jane?
a 你	她很好。
Antonio	¿Está todavía (仍然，還) soltera?
b 你	沒有，她和保爾結婚了。(注：文中介詞用con)
Antonio	¡Qué bien! ¿Están contentos los dos?
c 你	是的，當然。
Antonio	¿Y cómo es Paul?
d 你	他很好，是個蘇格蘭人。
Antonio	¿Y dónde viven?
e 你	他們在愛丁堡居住。
Antonio	¿Qué hace Paul?
f 你	他是一名會計，就在愛丁堡工作。
Antonio	Muy bien, Y Jane, ¿trabaja in Edimburgo también?
g 你	是的，她在一家旅行社工作。

4 談起帕克，你說：

a 他很好。

b 他不太好。

c 他是一個建築工程師。

d 他在家。

e 他在渡假。

f 他很高興。

g 他來自馬德里。

h 他現在在馬德里。

i 他是西班牙人。

j 他患了感冒。

對照答案，看你是否正確運用了**es**和**está**，然後做練習5，談起**los
señores Méndez**：

5 a 他們都很好。
  b 他們不太好。
  c 他們很友好。
  d 他們在家。
  e 他們在渡假。
  f 他們很高興。
  g 他們來自馬德里。
  h 他們現在在馬德里。
  i 他們是西班牙人。
  j 他們都患了感冒。

🔊 Para estudiar

形容詞

大家都知道，像這樣修飾性的詞都是形容詞，在西班牙語中，他們必須與其所修飾的人或事物一致。這就意味着，就像在第三單元你所見到的表示職業的那些單詞那樣，形容詞的詞尾也必須相應的變成陰性或者陽性，單數或者複數。例如*Paco* **no está casa***do***,** *los* **apartamentos son pequeño***s***,** *Isabel* **está content***a***,** *las* **enfermeras son simpática***s*等。

✳ 以-e結尾的形容詞陰陽同形，但是修飾複數名詞時要在詞尾加上-s。

Paco es inteligente.
Isabel es inteligente.
Los señores Méndez son muy inteligentes.

如果你不想説"那個紳士已經結婚了"，只想簡單的表達"一個已婚的紳士"，形容詞**casado**總是放在名詞**un señor**的後面，例如**un señor casado**。這裏還有幾個例子，**un piso grande** (一套大公寓)，**una chica antipática** (一個可惡的女孩)，**un chico alto** (一個個子高高的男孩)，**una señora contenta** (一位高興的女士)。

✓ Evaluación

你能完成下列練習嗎？

1　表達你很高興。

2　表達你正在渡假。

3　詢問別人的工作。

4　表達你已經結婚／單身。

5　詢問當你到達公寓時，帕克是否在家。

6　詢問某人的健康狀況。

7　表達你很好／不太好。

5 | **NUESTRAS FAMILIAS**
我們的家庭

在這一單元中，你將學習如何：

■ 提供或者詢問關於家庭和個人的具體情況
■ 表達某物屬於誰
■ 表達某地有某物

♂\ Preámbulo

兩個有用的動詞："有"和"說"

你已經學會如何根據動作發出者的不同使用不同的動詞形式。例如，**habla**表示"他／她／它說"或者"你說"，**trabajo**表示"我工作"。以下是兩個你必須學會的非常重要的動詞。

tengo	我有
tiene	他／她／它有或者你有
tenemos	我們有
tienen	他們／你們有

digo	我説
dice	他／她／它説或者你説
decimos	我們説
dicen	他們／你們説

📖 Lectura 1

聽兩到三遍這段伊莎貝爾對她的家庭的敘述，聽完每句話後停一下，重複這句話。

💿 La familia de Isabel

Isabel dice:

Somos seis en mi familia: mi padre, mi madre, y cuatro hijos. Tengo una hermana y dos hermanos. Mi hermana se llama Margarita y mis hermanos se llaman Fernando y José Antonio. Margarita está casada. Su marido se llama Luis Méndez. Es el hijo de los señores Méndez. Margarita y Luis tienen un hijo – Luisito.

Fernando y José Antonio no están casados. Viven en casa con mis padres. Afortunadamente tenemos un piso grande. Mi madre tiene también un perro. Es muy pequeño y simpático. Se llama Chispa.

somos seis en la familia	我們家有六個人	**hermana**	姊妹
mi padre	我的父親	**hermanos**	兄弟們，兄弟姊妹們
mi madre	我的母親	**marido**	丈夫
hijo	兒子	**mujer**	妻子
hija	女兒	**un perro**	一隻狗
hijos	孩子們	**simpático**	好的
hermano	兄弟	**afortunadamente**	幸運的是

🔯 Para estudiar

我的，你的，他的，她的，它的

在西班牙語中，表示"某人某物屬於誰"的單詞很簡單，**mi** (我的)
在陰性和陽性名詞前都可以用 (**mi padre, mi madre**)。如果用在複數
名詞前，就在詞尾加**-s** (**mis padres**)。**Su**和**sus**非常有用，相當於英
語中的幾個單詞。**su**用於單數名詞前面，根據上下文，分別表示他
的／她的／它的／你的／他們的，**sus**與**mis**同理，與名詞複數連
用。與**mi**和**mis**相同，**su**和**sus**也不受名詞陰陽格的影響。例如：

mi nieto	我的孫子／外孫
mis nietas	我的孫女們／外孫女們
su hermano	他的／她的／你的／他們的兄弟
su hermana	他的／她的／你的／他們的姊妹
sus abuelos	他的／她的／你的／他們的祖父母 ／外祖父母
sus tías	他的／她的／你的／他們的嬸嬸／ 姨媽等

📖 Lectura 2

下面是伊莎貝爾的家庭成員表：

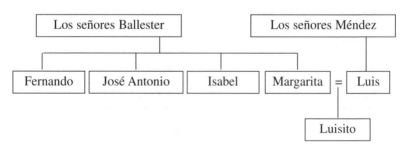

Fernando y José Antonio son los hermanos de Isabel y Margarita. Isabel y
Margarita son las hermanas de Fernando y José Antonio. Sus padres son
los señores Ballester. Los señores Ballester y los señores Méndez son los
abuelos (abuelo/abuela) de Luisito. Luisito es su nieto. Luisito es el

sobrino de Fernando, de José Antonio y de Isabel. Isabel es la tía de Luisito; Fernando y José Antonio son los tíos. Isabel y Luis son cuñados. Los señores Ballester son los suegros de Luis; los señores Méndez son los suegros de Margarita.

sobrino	姪子	**cuñado**	內兄，內弟，姐夫，妹
sobrina	姪女		夫
tía	嬸嬸，阿姨，姑媽等	**cuñada**	嫂子，弟媳
tío	叔叔，伯伯等	**suegros**	岳父母，翁姑

✔ Actividades

1 回答問題：

    a ¿Quién es el padre de Luis?
    b ¿Cómo se llama el padre de Luisito?
    c ¿Cómo se llama la tía de Luisito?
    d ¿Cuántos abuelos tiene Luisito?
    e ¿Cuántos sobrinos tiene Isabel?
    f ¿Quiénes son los suegros de Margarita?
    g ¿Y de Luis?
    h ¿Quién es la cuñada de Luis?
    i ¿Cómo se llama el hermano de José Antonio?
    j ¿Cuántos tíos (tíos y tías) tiene Luisito?

2 完成下列句子：
Isabel dice:
    a Margarita es mi ....
    b Fernando y José Antonio son mis ....
    c Luis no es ... hermano, es ... .
    d ... padres son los .... de Luisito.

Luisito dice:
    e Tengo .... abuelos.
    f ... madre ... . Margarita.
    g ... tío Fernando es ... . de mi madre.

Los señores Ballester dicen:

h Tenemos .... hijos y ... nieto.

i Tenemos solamente ... ... casada.

j Isabel, Fernando y José Antonio no .... casados, pero .... muchos amigos.

3 這裏是關於另一個家庭的資料，仔細閱讀，然後在下面的表格中填入正確的名字。你可能需要運用有關西班牙人姓名的知識，這已在第三單元的結尾學過。答案見**Clave**。

Carlos López Silva está casado con Carmen Rivera García. Tienen tres hijos y tres nietos. Su hija Carmen no está casada pero sus dos hijos Pedro y Diego sí. La mujer de Pedro se llama Ana Serrano, y tienen una hija que también se llama Carmen. Tres mujeres de esta familia se llaman Carmen: la nieta Carmen López Serrano, su tía Carmen López Rivera, y su abuela Carmen Rivera García. La pequeña Carmen tiene dos primos Diego y José María López Ayala, hijos de Diego López Rivera y su mujer María Ayala.

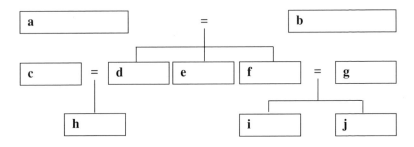

¿Tiene Vd. un coche? 你有車嗎？

📖 Lectura 3

伊莎貝爾略為詳細地向我們介紹了帕克，帕克談起了伊莎貝爾和她的家庭。請聽一聽他們談話的內容。(如果你沒有CD，可以閱讀這段話。)

Isabel dice:

Paco vive en la calle Meléndez Valdés. Su apartamento es pequeño pero es suficiente para él. Es un apartamento alquilado. Paco no vive con sus padres, porque ellos viven ahora en Alicante, pero yo vivo con los míos. Paco tiene un coche. Su coche siempre está en la calle porque Paco no tiene garaje.

Paco dice:

Isabel vive en un piso de la calle Almagro, pero el piso no es de ella, naturalmente, es de sus padres, y el coche es de ellos también. Isabel no tiene coche. Dice que no es necesario. Ella y su madre dicen que los taxis son muy convenientes para ellas. Para mi, un coche es más conveniente.

alquilado 出租的	**ellas** 他們（陰性主格和賓格）
ahora 現在	**para él** 為了他
porque 因為	**de ellos** 他們的（陽性）
un coche 一輛小汽車	**de ella** 她的（名詞性物主代
siempre 總是	詞）
él 他（主格和賓格）	**para ellas** 為了他們（陰性）
ella 她（主格和賓格）	**más** 更多的，更大的
ellos 他們（陽性主格和賓格）	**para mí** 為了我

⓪ Para estudiar

1 Él, ella, ellos, ellas

在西班牙語中，主格和賓格的"他"只需要一個單詞**Él**來表達。同樣的，**ella**既表示主格的"她"，又表示賓格的"她"。

Este apartamento es adecuado para **él/ella**.	這套公寓足夠他／她住了。
Él vive aquí, pero **ella** vive en Valencia.	他在這裏居住，但是她在瓦倫西亞居住。

這種雙重目的的規則也分別適用於"他們"**ellos**（陽性）和**ellas**（陰性）。

2 用no和sí作對比

將兩個人的狀況、職業或者擁有的東西等作對比,西班牙語要比英語簡單,請看下面的例子:

Isabel vive con la familia, pero Paco **no**.	伊莎貝爾和家人一起生活,但是帕克不是。
Los señores Méndez están casados, pero Isabel y Paco **no**.	曼德先生和曼德太太已經結婚了,但是帕克和伊莎貝爾沒有。
La señora no es muy alta, pero su marido **sí**.	那位女士個子不高,但是她的丈夫很高。
Mi hermano no está contento, pero mis padres **sí**.	我的弟弟不高興,但是我的父母很滿意。

如上文所示,**vivo**意思是"我住在……",如果想強調"我",你也可以用表示"我"的單詞**yo**,例如:Yo vivo en Madrid, pero Antonio no. (我住在馬德里,但是安東尼奧不是。)

Yo hablo español, pero él no.	我講西班牙語,但是他不講。
Él habla español, pero ella no.	他講西班牙語,但是她不講。

3 El mío, la mía, los míos, las mías

這些詞的意思都是"我的 (名詞性物主代詞)",用來指代別人提到的人或者事物。例如:

Paco no vive con sus padres, pero yo vivo con los míos.	帕克不和他的父母一起住,但是我與我的父母一起住。
¿Cómo se llama su hermana? La mía se llama Conchita.	你的姊姊叫什麼?我的姊姊叫Conchita。

但是如果你想説"這是我的,那些也是我的",就不必使用**el, la, los, las**。

¿De quién es este coche? Es mío.	這輛小轎車是誰的?它是我的。
Esta casa es mía.	這間房子是我的。

✓ Actividad

4 用伊莎貝爾與帕克做對比，完成下列句子，可參考例句：

   a Paco vive en un apartamento, …
   b Paco es alto, …
   c Paco no vive con la familia, …
   d Paco no habla alemán, …
   e Paco no tiene hermanos, …
   f Paco tiene un coche, …

◎ Para estudiar

4 Hay 有
¿Hay? 有嗎？

這是一個相當重要的單詞**Hay** (注意**h**不發音，**Hay**的發音與**¡Ay!**相同，**Ay**是疼痛、悲傷或者驚訝時發出的聲音)，它有多種用法。

¿Cuántas personas hay en la oficina de Paco? Hay siete. Hay tres arquitectos y dos delineantes (製圖員). También hay un estudiante y una secretaria.

¿Cuántas personas hay en la familia de Isabel? Hay seis: los padres y cuatro hijos. Pero una hija está casada y vive con su marido y su hijo. Hay un perro, que es de la madre de Isabel y que se llama Chispa.

¿Cuántas vuelos diarios (每日航班) hay de Londres a Madrid? Hay cinco vuelos de Iberia y cuatro de BA.

Hay被用來表示提供物品和服務。例如：

En el café:	Hay chocolate con churros
En el quiosco:	Hay billetes de lotería
En el restaurante:	Hoy hay fabada
En el teatro:	No hay entradas

🔑 **Churros**是一種油煎餅或者油炸圈餅，可以將它浸到熱熱的濃濃的巧克力裏面吃。該食品富含脂肪，但美味可口。**Fabada**是一種豆漿 (見單元18) 。單詞**billete**和**entrada**都表示"票"，但是前者表示火車票、巴士票或者彩票 (也可以是鈔票) ，後者表示進入任何場所的入場券，包括劇院、博物館等。**Hoy**意思是"今天"。

📀 Actividad

5 回答下列問題。和以前一樣，答案是非常完整的，但是即使你第一次不能寫出整個句子，也要表達出基本的意思來。

   a ¿Dónde hay fabada hoy?

   b ¿Qué hay en el quiosco?

   c ¿Hay entradas para el teatro?

   d ¿Cuántos vuelos diarios de BA hay de Londres a Madrid?

   e El apartamento de Paco, ¿es adecuado para él?

   f ¿Es de él, o está alquilado?

   g ¿Por qué no vive Paco con sus padres?

   h ¿Dónde está siempre el coche de Paco?

   i El coche de la familia de Isabel, ¿es de ella o de sus padres?

   j ¿De quién es el perro en casa de Isabel?

這一單元中有許多新知識。在你做下面的**Evaluación**之前，再通讀一遍這部分內容，看看你是否已經全部掌握，並牢牢記住了它們。

✔️ Evaluación

你能完成下列問題嗎？

1 説出目前你家有多少成員，名字是什麼。

2 描述一下你的大家庭。

3 描述一下你的房子／家，以及誰在這裏居住。

Clave中沒有這部分的答案，你可以參考本單元中學過的內容作出回答。

6 | EN MOVIMIENTO
四處遊覽

在本單元中，你將學習如何：

■ 表達出去和回來
■ 討論交通方式
■ 表示日期
■ 從21數到31

Para estudiar

1 Números 21-31

在單元3中你已經學過了1-20這些數字，這裏是數字21-31。

21	veintiuno	25	veinticinco	29	veintinueve
22	veintidós	26	veintiséis	30	treinta
23	veintitrés	27	veintisiete	31	treinta y uno
24	veinticuatro	28	veintiocho		

這些表示數字21-29的單詞是**veinte y uno, veinte y dos**等的縮寫形式，也只有這九個詞有縮寫，接下來的31-39、41-49等數字就像上面的**treinta y uno**那樣，都用三個單詞表示。

ENERO	FEBRERO	MARZO	ABRIL
MAYO	JUNIO	JULIO	AGOSTO
SEPTIEMBRE	OCTUBRE	NOVIEMBRE	DICIEMBRE

2 Los meses del año 一年12月

enero	一月	julio	七月
febrero	二月	agosto	八月
marzo	三月	septiembre	九月
abril	四月	octubre	十月
mayo	五月	noviembre	十一月
junio	六月	diciembre	十二月

注意：在西班牙語中表示十二個月的單詞全部小寫。

3 La fecha 日期

現在你已經知道了31以內的數字和一年12個月的名稱，你就可以表達日期了。

書寫的時候當然用數字表示，讀的時候，方式就有所不同，例如5月2日，如下所示：

el dos de mayo
el veinticinco de diciembre
el diecisiete de septiembre

等等。如果你們談話當中已經清楚月份，就只說日期，例如**el dia 5** (5號) ， **el dia 20** (20號) 等等。

El día (日期)，是西班牙語中很少見的以**-a**結尾卻又是陽性詞的例子。

✔ Actividades

1 用西班牙語表示下列日期：

a 3月1日	**g** 2月22日
b 6月16日	**h** 4月10日
c 8月31日	**i** 10月26日
d 11月2日	**j** 12月24日
e 7月4日	**k** 1月30日
f 5月19日	**l** 11月11日

2 練習表達你和家人的生日：

¿Cuándo es su cumpleaños? (你的生日在哪一天？)

¿Y el de su padre?/¿madre?/¿marido?/¿mujer?/¿hijo?/¿hija?/¿hermano?/ ¿hermana?, etc.

🔊 Diálogo

理查德問帕克六月份的計劃。聽 (或者讀) 兩遍下面的對話，看看帕克如何表達"我要去"和"我要回來"。

Ricardo	¿Qué hace en junio, Paco?
Paco	En junio voy de viaje.
Ricardo	¿En qué día va Vd.?
Paco	Voy el día 5. Tengo un congreso en Santander el día 6 de junio.
Ricardo	¿Y vuelve a Madrid después del congreso?
Paco	No, tengo una reunión en Barcelona el día 9. Voy directamente de Santander a Barcelona.
Ricardo	¿Cómo va – en tren?
Paco	No, voy en coche. Vuelvo a Madrid el 10 de junio.

voy	我去，我要去	**un congreso**	一次會議
de viaje	去旅行	**una reunión**	一次聚會
va	他／她／它去，你去	**en tren**	乘火車
vuelvo	我回來	**en coche**	坐小汽車
vuelve	他／她／它回來，你回來	**después del congreso**	會後

◈ Para estudiar

在上面的對話和單詞表中，要注意幾個很重要的單詞，**voy** (我去)
和**va** (他／她／它去，你去)。接下來這單元中我們還要繼續學習
vamos (我們去) 和**van** (他們去，你們去)。但是如果你到詞典裏去查
找"去"這個詞，就會找到**ir**，它與**voy**截然不同。因為在西班牙語
中，"**ir**"是一個非常不規則的動詞，它是動詞原形，表示動詞不
定式，在字典上查詢"去"這個詞時應該首先查找**ir**。通常動詞不
定式很容易辨認，大多數都以**-ar**結尾，其次是**-er**或者**-ir**。例如，
hablar (講)，**hacer** (做)，**vivir** (居住) 等。

※ 順便說一句，如果有人叫你的名字，用英語你可能回答：coming!
(來了)，用西班牙語就要說**¡voy!**。英語中表示"I'll come with you"
的時候，西班牙語要用**Voy con Vd.**，相當於英語中的"I'll go with
you"。

✓ Actividad

3 假設你是帕克，回答下列問題：

a ¿Dónde va Vd. en junio, Paco?
b ¿Por qué va a Santander?
c ¿Tiene un congreso también en Barcelona?
d ¿Cuándo va a Santander?
e ¿Y a Barcelona?
f ¿Cómo va?
g ¿Qué día vuelve Vd. a Madrid?
h ¿Por qué no vuelve a Madrid el 7 de junio?

Los señores Méndez están de vacaciones

📖 Lectura

曼德太太描繪他們在摩洛哥的假期。聽 (或者讀) 兩遍她的描繪，注
意她是如何表達"我們做……"的。

Hoy, 6 de septiembre, estamos de vacaciones. Estamos en Málaga y no volvemos a Madrid hasta el día 30. Pasamos un mes en Málaga. Tenemos un apartamento alquilado. Vamos todos los días al café para tomar el aperitivo. Se puede comer también, pero generalmente volvemos a casa para comer. Después de la siesta visitamos a amigos o vamos al cine o al teatro.

hasta	直到……才	**tomar**	得到，有(食物和飲料)
pasar	花費，渡過	**comer**	吃午飯
todos los días	每一天	**se puede**	(一個人)可以，能

Para estudiar

1 Al 與 del

注意**al**是**a el**的縮寫，"去電影院"用**al** cine，"去戲院"用**al teatro**。
與其類似的，**de el**縮寫為**del**，例如los meses **del** año, Costa **del** Sol。

2 Vamos　我們去

在上面的那段話中，曼德太太用了這樣的動詞形式：vamos (我們去)。你可能會發現凡是表示"我們做某事"的單詞都以-amos, -emos或者-imos結尾。在她的敘述中，還有幾個例子，有的你曾經學過，有的卻是新的：

estamos	我們是
tenemos	我們有
vamos	我們去
pasamos	我們花費
volvemos	我們回來

你所知的其他動詞也如此。例如，帕克可能會說：

Isabel y yo **trabajamos** en Madrid los dos. **Vivimos** en Madrid también. **Somos** madrileños. **Hablamos** español.

西班牙語中，動詞分為三大類。這也是為什麼有三種不同結尾的原因。在單元8中你將繼續詳細學習此語法。(**Somos**是一個不規則的特殊的例子。)

3 Para ...　為了……

在關於曼德太太渡假的這段話中，你遇到了短語**para tomar, para comer**。正如你所見，**Para**意思是"為了，以便"。所以**para tomar el aperitivo**意思就是"為了有個好胃口"，或者簡單的說"有個好胃口"。

4 Se peude　……(一個人) 可以／能夠……

在曼德太太的敘述中，她說**se puede comer en el café** (人們可以在那家小餐館裏面吃飯) 。一般來說，當你和一個泛指的人談話時，可以用**se**，表示一個人或者人們。例如，透過商店的櫥窗，你可能看到一個講英語的人**se habla inglés**。在巴塞羅那，你則可以說**aquí se habla catalán** (這裏的人講加泰羅語) 。你還可以用它來問路，例如**¿Cómo se va a la estación de autobuses?** (人們怎樣去巴士站？) 這方面內容在單元10中還有詳細解釋。

Documento número 5

Cumplimente el cupón adjunto y envíelo a TRIBUNA DE EDICIONES DE MEDIOS INFORMATIVOS, S.S.
C/Orense, 70, 4. planta. 28020 Madrid. Aptdo. de Correos 14.763. Tel. 991) 571 09 42.

✂ ▬▬▬▬▬▬▬▬▬▬▬▬▬▬▬▬▬▬▬▬▬▬▬▬▬

☐ Sirvanse suscribirme a "TRIBUNA de Actualidad" por 1 año (52 números) al precio
todal de: España: 12.500 ptas. Portugal: 14.500 ptas. Europa y Norte de Africa: 19.500
ptas. América, Asia y Africa: 30.100 ptas. Oceanía: 39.00 ptas (gastos de envío incluidos).

Normbre: ....

Dirección: .... C.P.: ....

Poblacíon: .... Provincia: .... Teléfono: ....

Firma:

FORMA DE PAGO QUE DESEO

☐ Cheque n°. .... que adjunto
☐ Giro postal n°. ....de fecha.............

如果你想訂購雜誌Trubuna，需要完成上面的表格。

a 把它郵到英國需要花多少錢？

b 你可以得到多少份？

c 你能填完所要求的詳細內容嗎？

C.P. 代表郵政編碼 **código postal**。

Actividades

4 假設你是曼德一家人，回答下列問題。

    a ¿Por qué están Vds. en Málaga, señores?

    b ¿Cuándo vuelven Vds. a Madrid?

    c ¿Cuánto tiempo pasan Vds. en Málaga?

    d ¿Están Vds. en un hotel?

  e ¿Dónde van hoy para tomar el aperitivo?

  f ¿Van mañana también?

  g ¿Y pasado mañana?

  h ¿También comen Vds. en el café?

  i ¿Tienen Vds. familia o amigos en Málaga?

  j ¿Qué hacen Vds. después de la siesta si no visitan a amigos?

5 理查德詢問你的暑期渡假計劃。請按照所給的提示，完成下列對話。

Ricardo	¿Va Vd. de vacaciones este año?
a 你	是的，我們將去Santander和馬德里。
Ricardo	¡Qué bien!, ¡va a España! ¿Y cuándo va?
b 你	我們在7月20日去。
Ricardo	¿Y cuántos días pasa Vd. en Santander?
c 你	我們將在Santander停留10天，然後 (después) 我們去馬德里。
Ricardo	Entonces, va a Madrid el día 31.
d 你	是的，我們將在馬德里停留五天，和朋友在一起。
Ricardo	¿Toma Vd. el avión para ir de Santander a Madrid?
e 你	不，我們乘火車。
Ricardo	Bien, ¡buenas vacaciones!

📖 Lectura

Viajar en España　在西班牙旅行

De Madrid se puede tomar el tren o el autobús a todas partes de España.
También se puede ir en avión a Barcelona, a Valencia, a Santiago de
Compostela, a Bilbao, etc. El avión es más rápido pero es más caro. Es el
servico nacional de IBERIA que va a muchas capitales de provincia. El
servicio internacional va a Sudamérica, a la América Central y a muchas
capitales de Europa. También en junio, julio y agosto hay muchos vuelos
charter para los turistas que van a Málaga, a Valencia, a Gerona y a
Alicante. El turismo es una industria importante para España.

el avión	飛機	**la capital de provincia**	省會
se puede tomar	人們可以乘	**la parte**	部分
se puede ir	人們可以去	**caro**	昂貴的
el vuelo	航班		

Documento número 6

Auto Res是長途巴士公司的名稱。他們向省內城市提供豪華的服務，他們宣稱自己的巴士比你選擇的其他任何公路交通工具都更加快捷、安全、舒適。

在圖中找出表達上述內容的西班牙語句子，Diario是一個非常有用的單詞，意為"每天、日常"。

☑ Actividad

6 把下列各欄的詞語組成最合適的八個句子。

Para visitar las capitales de provincia			el tren, el avión, o el autobús
Para un aperitivo		alquilar	un vuelo charter
Para ir a Barcelona			la siesta
Para ir a Gerona en agosto		ir	a un restaurante
Para pasar un mes en Málaga	se puede	tomar	un vuelo internacional de IBERIA
Para visitar Venezuela		dormir	un piso
Para comer			un coche
Para la digestión después de comer			un gin-tonic

我們在**Clave**中給出了看起來最合適的句子。

✔ Evaluación

在開始下一單元的學習之前，查看一下你對單元6的理解程度，確定你可以完成下列練習：

1 從31往回數，數到21。

2 複述一年的十二個月份。

3 説出今天的日期。

4 詢問去戲院的路怎麼走。

5 詢問這裏的人是否會講英語。

6 表達人們可以乘這路巴士去車站。

7 表達每天都有五次航班。

8 表達你每年都要在西班牙度過一個月的時間。

7 LLEGADAS Y SALIDAS
到達和離開

在這一單元中，你將學習如何：

■ 表達到達和離開
■ 表達時間
■ 表達日期
■ 從32數到199

Preámbulo

Números 32–199

到目前為止你已經學完了31以內的數字，數字方面不再有更多的新單詞了。這裏是十位數表：

20	veinte	60	sesenta
30	treinta	70	setenta
40	cuarenta	80	ochenta
50	cincuenta	90	noventa

對於十位數之間的數字，原則是：你需要加y以及從這些30-90之間的例子中尋求其他數字。例如：

33 treinta y tres
58 cincuenta y ocho
71 setenta y uno
99 noventa y nueve

只表示100時用**cien**；如果後面接其他比它小的數字時用**ciento**。例如：

100 cien
101 ciento uno
110 ciento diez
122 ciento veintidós
137 ciento treinta y siete

注意英語與西班牙語中數字的區別，如英語的137是one hundred and thirty-seven。西班牙語是**ciento treinta y siete**。西班牙語中y只用在十位數字和個位數字之間。我們現在先忽略幾百的表達方式（此內容見單元12），但是下面的例子可以讓你學會如何表達完整的日期。

表示年時，一串數字以**mil**開頭，例如20世紀90年代的年份這樣表示：

1991 mil novecientos noventa y uno
1992 mil novecientos noventa y dos, etc.

一直到

1999 mil novecientos noventa y nueve

接着，從2000年開始，日期不再以**mil**開頭，而是以**dos mil**開頭：

2000 dos mil
2001 dos mil uno
2002 dos mil dos, etc.

西班牙的數字表達方式非常直接，且有邏輯性，很值得你花費時間學習。因為在講西班牙語的國家旅遊時，數字的表達是最基本的，如購物或者想知道旅行時間、日期，都要用到它們。你應該經常地練習，直到你購物時可以在大腦中熟練地用西班牙語表示價格，計算火車時間等。

Para estudiar

1 一週的每一天

請看看這頁日曆：

JULIO						
L	M	M	J	V	S	D
		1	2	3	4	5
6	7	8	9	10	11	12
13	14	15	16	17	18	19
20	21	22	23	24	25	26
27	28	29	30	31		

在西班牙，一週的七天總是以星期一開始，所以表示一週七天 (los días de la semana) 的上面這行縮寫也是以這一天開頭。雖然縮寫形式是大寫字母，但是就像月份一樣，單詞仍然是小寫的。

lunes	星期一	**viernes**	星期五
martes	星期二	**sábado**	星期六
miércoles	星期三	**domingo**	星期日
jueves	星期四		

2 ¿En qué día? ¿En qué fecha?　在哪一天？

要表示某一天是星期幾，或者相反，你需要用一個動詞：caer (字面意思：落下)。

請看例句：

¿En qué día de la semana	16號是星期幾？
cae el dieciséis?	
Cae en un jueves.	是星期四。

¿En qué fechas caen
los domingos en julio? 　　七月份的星期日都是幾號？

Caen en el cinco, el doce, el 　　是5號，12號，19號和26號。
diecinueve y el veintiséis.

✳ **Caer** 通常表示"落下"，有下面的形式 (注意"我"的不同形式)：

caigo 我落下　　　　　　　　　**caemos** 我們落下

cae 　他／她／它落下，你落下　　**caen** 　他們落下，你們落下

☑ Actividades

1 根據65頁的日曆，用相同的方式回答下列問題。

   a ¿En qué día de la semana cae el vientiuno?

   b ¿En qué día cae el treinta y uno?

   c ¿En qué fecha cae el primer domingo (第一個星期日) del mes?

   d ¿Y el último domingo? (最後一個星期日)

   e ¿En qué fechas caen los sábados en julio?

   f ¿En qué día cae el veintisiete?

   g El quince de julio es el cumpleaños de Isabel – ¿en qué día cae este año?

   h En julio, ¿el trece cae en martes?

2 請填寫下面的表格。每一行都代表一週的每一天，但是它們必須按照一定的順序，使A列構成一個表示月份的單詞。

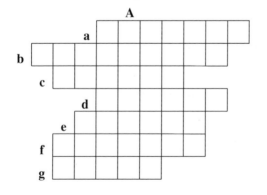

⧆ Para estudiar

¿Qué hora es? 現在是幾點鐘？

正式的24小時時間制用於辦公，但
是日常對話中卻不這樣用。問答時
間通常是這樣的：

¿Qué hora es?	Es la una.	1.00
	Es la una y media.	1.30
¿Qué hora es?	Son las dos menos cuarto.	1.45
	Son las dos.	2.00
	Son las dos y cuarto	2.15, etc.

在你的日常活動中需要查看時間時，請練習用西班牙語對自己說出
時間。下面的這張表格給出了你所需要的所有時間：

Es la una		cinco
Son las dos		diez
Son las tres		cuarto
Son las cuatro	y	veinte
Son las cinco		veinticinco
Son las seis		media
Son las siete		
Son las ocho		veinticinco
Son las nueve	menos	veinte
Son las diez		cuarto
Son las once		diez
Son las doce		cinco

為了表示得更加清楚，你還可以加上**de la mañana**表示上午，**de la
tarde**表示下午和傍晚，以及**de la noche**表示晚上9點、10點、11點、
12點。

例如：

Son las seis de la mañana.
Son las seis y media de la tarde.
Son las diez de la mañana.
Son las diez de la noche.

注意**es la una**與**son las dos**的差異。當然我們也說**son las tres, son las cuatro**等。不要混淆**cuatro** (四) 和**cuarto** (一刻鐘)。"四點差一刻"和"四點一刻"分別是**las cuatro menos cuarto**和**las cuatro y cuarto**。請練習表達這些時間。

🔊 Diálogo

Isabel habla con el señor Ortega de su viaje a Edimburgo. (伊莎貝爾對Ortega先生談論起她去愛丁堡的旅行。)

聽 (或者讀) 兩遍對話，注意當有事發生時，伊莎貝爾是怎樣表達的。

Madrid/Edinburgh service			
	Dep	**Arr**	
DAILY (Except Sun) 1B649	1230	1500	DC9 C/Y

Sr. Ortega	¿Qué día va Vd. a Edimburgo? ¿El martes?
Isabel	No. Martes es el día trece. ¡No se puede ir en avion los martes y trece! Voy el miércoles, el día 14.
Sr. Ortega	¿A qué hora sale el vuelo?
Isabel	Es el vuelo IB 649. Sale de Madrid a las doce y media y llega a Edimburgo a las tres de la tarde.
Sr. Ortega	¿Tiene amigos en Edimburgo?
Isabel	Sí. Conozco a un matrimonio, Jane y Paul. Jane es amiga mía y va al aeropuerto. Después vamos las dos a su casa.

Sr. Ortega	Y ¿cuándo vuelve a Madrid?
Isabel	Voy a pasar una semana con ellos, y después paso cuatro días en Londres. Vuelvo a Madrid el veintiséis de junio.
Sr. Ortega	Es una vacación bonita. ¡Buen viaje!

el viaje	旅行	**conocer (conozco)**	知道（我知
el avión	飛機		道）
salir (sale)	離開	**un matrimonio**	一對已婚夫婦
llegar (llega)	到達	**bonito**	好的，漂亮的
el amigo	朋友	**buen viaje**	一路順風，旅行愉快

Comentario

伊莎貝爾很迷信，她從不在13日星期二這一天外出旅行。有這樣一句西班牙諺語：**Trece y martes ni te cases ni te embarques.** (不要在13日星期二這一天婚娶或乘船。)

這裏還有非常重要的一點。注意伊莎貝爾說**conozco a un matrimonio** (我認識一對夫婦)。**Conozco** (動詞**conocer**) 用於表示我對某人、某地或某本書熟悉。如果是表示知道某件事實，則用由動詞**saber**變位而來的**sé**。例如：

No **sé** qué hora es.	我不知道現在是什麼時間。
¿**Sabe** Vd. cuántos habitantes tiene Madrid? No estoy seguro, pero **sé** que hay más de tres millones.	你知道馬德里有多少人口嗎？我不能夠確定，但是我知道人口超過三百萬。

Actividades

3 閱讀下列句子，判斷對 (V) 錯 (F)。

	V	F
a Isabel va a Edimburgo el día trece.	☐	☐
b Su vuelo sale a las doce y media.	☐	☐
c Llega a Edimburgo a las tres.	☐	☐
d Isabel no tiene amigos en Edimburgo.	☐	☐
e Va a pasar una semana en Edimburgo.	☐	☐
f Cuando sale de Edimburgo, va a Londres.	☐	☐
g Jane y Paul no están casados.	☐	☐
h En Edimburgo, Isabel va a un hotel.	☐	☐
i Isabel no es supersticiosa.	☐	☐
j Edimburgo es la capital de Escocia.	☐	☐

4 利用下面的IBERIA時間表，用西班牙語回答後面的問題。

IBERIA'S NEW SUMMER SCHEDULES
HEATHROW/MADRID SERVICE

		Dep	Arr	
DAILY (Except Sun)	IB603	0730	1030	DC9 C/Y
DAILY	IB601	1145	1445	Airbus F/C/Y
DAILY	IB607	1525	1825	B727 C/Y
DAILY (Except Mon)	IB605	1930	2230	Airbus F/C/Y
Mon only	IB605	2030	2330	Airbus F/C/Y

MADRID/HEATHROW SERVICE

		Dep	Arr	
DAILY	IB600	0920	1030	Airbus F/C/Y
DAILY	IB606	1305	1415	B727 C/Y
DAILY (Except Mon)	IB604	1705	1815	Airbus F/C/Y
Mon only	IB604	1805	1915	Airbus F/C/Y
DAILY (Except Sat)	IB602	1955	2105	DC9 C/Y

a ¿Cuándo sale el vuelo IB605 de Heathrow los lunes?
b ¿Cuándo sale el vuelo IB605 de Heathrow los otros días la semana?
c ¿Cuándo llega el vuelo IB607 a Madrid?
d ¿Cuándo sale el vuelo IB600 de Madrid?
e ¿Cuándo llega el vuelo IB602 a Heathrow?
f ¿Cuándo llega el vuelo IB606 a Heathrow?

現在你已經掌握了許多語言知識，這在你去西班牙旅行或者與西班牙朋友、同事聊天時是不可或缺的。一旦遇到這些情況，請對當時的情景或者人物進行一番描述，表達出他們在哪裏，詢問他人的健康狀況，然後再用西班牙語做一些其他的練習。

下面的**Evaluación**與以往比較起來，有一點長，意在考核你是否完全理解並且記住了我們所學的所有要點。如果你忘記了某些知識點，請回顧一下相關的單元內容。因為是關於個人情況的問題 (**preguntas impertinentes**)，與書中內容無關，所以我們沒有給出答案。

✔ Evaluación: preguntas impertinentes

¿Cómo se llama Vd.? ¿Es Vd. inglés (inglesa)? ¿Habla Vd. español?
¿Habla Vd. francés?
¿Está Vd. casado (casada) o soltero (soltera)?
¿Es Vd. comunista, socialista, socialdemócrata, liberal, conservador o fascista?
¿Qué hace Vd.? ¿Dónde trabaja Vd.?
¿Es Vd. millonario? ¿No tiene Vd. mucho dinero?
¿Dónde vive Vd.? ¿Vive Vd. en una casa o un piso?
¿Cómo es, grande o pequeño?
¿Cuántas personas hay en su familia? ¿Quiénes son, y cómo se llaman?
¿Tiene una fotografía de su familia?
¿Tiene Vd. un coche? ¿Es necesario un coche para Vd.?
¿No son convenientes los taxis para Vd.?
¿Es de Vd. este libro de español? ¿Es interesante este libro? ¿Trabaja Vd. mucho con este libro?
¿Va Vd. mucho a España? ¿Por qué? (¿Por qué no?) ¿Va Vd. a España para trabajar o para pasar las vacaciones? ¿En qué mes va Vd. de vacaciones?
¿Cómo va Vd. de vacaciones – en tren, en coche, en autobús o en avión?
¿Sale Vd. de casa todos los días? ¿A qué hora? ¿A qué hora llega Vd. a casa?
¿Qué hora es en este momento? ¿Qué día es? ¿Qué fecha es? ¿Cuándo es su cumpleaños?

¿Es Vd. supersticioso (superticiosa)? ¿Está Vd. contento (contenta)? ¿Está Vd. preparado (preparada) a estudiar Unit 8?

如果你的得分很高，那麼恭喜你——你所需要做的只是對你覺得有些難度的地方再聽（或者讀）幾遍對話，再做一點練習，對照**Para estudiar**部分，讓自己確保完成這些句子。接下來，繼續學習下一單元。

如果你發現問題有點難，就應該再返回去，看看與你的問題相關的單元內容，重新做一遍練習。也許你應該做得慢一點，完成練習後仔細研究一下答案，使自己真正掌握所學內容，然後再開始學習下一單元。

記住，要抓住一切機會，與以西班牙語為母語的人練習聽説，這一點非常重要。因為這也是練習你的發音、提高流利程度和增強自信心的最好途徑。一旦你掌握了基本訣竅，口語中的一點錯誤是不會影響別人聽懂你的話的，也不會影響你與講西班牙語的人進行交流。通過運用書中引言指導的學習方法，結合你自己最合適的學習方式，相信你一定會充分利用好本書的課程。

8 | DESEOS Y EXIGENCIAS
希望和請求

在本單元中，你將學習如何：

- 表達你想要某物
- 表達你的需要
- 買票

Preámbulo

在單元6中，我們提到過動詞原形——在字典中找到的那個單詞，在英語中，通常前面有to，如：to speak, to eat, to live等。在西班牙語中，這些動詞的原形通常以**-ar, -er, -ir**結尾，例如**hablar, comer, vivir**。這些動詞通過詞尾的變化來表示動作發出者的不同。如果"我"作主語，那麼動詞常常以**-o**結尾 (如**hablo, como, vivo**)。特殊的例子下文另有介紹。其他人稱作主語時，結尾相似，但是結尾的元音略有不同。

	-ar	-er	-ir
我	hablo	como	vivo
他／她／它／你 (Vd.)	habla	come	vive
我們	hablamos	comemos	vivimos
他們／你們 (Vds.)	hablan	comen	viven

但是還有一些特別的和不規則的詞，你最好循序漸進的學習，一旦出現這類詞，書中會特別指出它們的特點。實際上，你已經學過了大部分不規則動詞，它們沒有以**-o**結尾來表示"我"的動作，例如 **soy** (我是), **estoy** (我是), **voy** (我去), **sé** (我知道) 和**doy** (我給)。

☺ Diálogo 1

帕克的父親——魯茲先生正在買飛往馬德里的機票，他想去看望帕克。聽 (或者讀) 兩遍他和伊比利亞的一位女士的對話，注意他是怎樣表達自己的需要和願望的。

Sr Ruiz	Necesito un billete para Madrid, para el jueves.
Señorita	¿Quiere Vd. un billete de ida y vuelta o de ida sólo?
Sr Ruiz	Quiero uno de ida y vuelta, por favor.
Señorita	¿A qué hora quiere salir?
Sr Ruiz	Necesito estar en Madrid a las tres de la tarde.
Señorita	Hay un vuelo que sale a las doce y cuarto, y llega a la una de la tarde.
Sr Ruiz	Muy bien. ¿Quiere hacer la reserva, por favor?
Señorita	Pues son noventa y seis euros.
Sr Ruiz	Quisiera pagar con Visa.
Señorita	No hay problema. ¿Necesita Vd. algo más?
Sr Ruiz	No, gracias.

---

salir　離開
hacer　製作，製造
un billete de ida y vuelta
　往返票
un billete de ida sólo　單程票
necesitar　需要
necesito estar en Madrid
　我想去馬德里

¿quiere hacer la reserva?　你預定房間嗎？
querer　希望，想，喜歡
¿necesita Vd. algo más?　你還需要什麼嗎？
quisiera pagar　我想付……款

⬡ Para estudiar

1 Quiero ... 我要…… (I want)

quiero的後面可以接任何你想要的東西的名稱。例如：

Quiero un café.	我要一杯咖啡。
Quiero este libro.	我要這本書。
Quiero dos entradas.	我要兩張票。

如果你要表達想要做某事，可以這樣說：

Quiero tomar un aperitivo.	我想有個好胃口。
Quiero hablar español.	我想講西班牙語。
Hoy quiero estar en casa.	今天我想待在家裏。

無論在什麼句子中，**quiero**後面的動詞都是原形。

✳ **Quiero**後面也可以接人，但是要在人名前面加上**a**，意思是"我喜歡……，我愛……"，例如：

Quiero mucho **a** mis padres.	我非常愛我的父母。
La señora Méndez **quiere a** su marido.	曼德大人愛她的丈夫。

2 Quisiera ... 我想要…… (I'd like)

在英語中，I want 和I would like 在語氣上有一點區別，後者語氣稍微委婉一些。西班牙語中的**quiero**和**quisiera**的區別與它們類似。例如：

Quiero un café.	我要一杯咖啡。
Quisiera un café.	我想要一杯咖啡。（語氣比較委婉）
Quisiera hablar bien el español.	我希望能流利地講西班牙語。

大多數情況下都可以用**quiero**，比如在餐館點菜時 (見單元18)。

注意，無論人稱是"我"還是"他／她／它／你"，**quisicra**都是以**-a**結尾。

3 Necesito ... 我需要⋯⋯ (I need)

Necesito和quiero的用法一樣，後面直接接名詞或者動詞原形。

Necesito un billete de ida y vuelta.	我需要一張來回票。
¿Necesita Vd. viajar a Zaragoza?	你需要去一趟Zaragoza嗎？
Necesitan un coche.	他們需要一輛小汽車。

✅ Actividades

1 這是伊莎貝爾一天之內需要做的事。替伊莎貝爾回答這些問題，按照括號裏給的時間回答你想要或者需要做什麼。第一句已經給出答案。

 a ¿Cuándo necesita llegar a la oficina? (0900) *Necesito llegar a las nueve.*

 b ¿A qué hora necesita Vd. salir? (0830)

 c ¿A qué hora quiere Vd. llamar por teléfono? (1015)

 d ¿Cuándo necesita hablar con el director? (1145)

 e ¿A qué hora quiere Vd. comer? (1400)

 f ¿Cuándo quiere tomar un gin-tonic? (1330)

 g ¿A qué hora necesita Vd. estar en casa? (1700)

 h ¿Cuándo necesita ir al dentista? (1730)

 i ¿Para qué hora quiere Vd. las entradas? (1930)

 j ¿Para qué hora quiere hacer la reserva en el restaurante? (2230)

 k ¿A qué hora necesita Vd. salir con el perro? (2400)

2 再聽一遍對話1，然後判斷下列陳述的對錯。

	V	F
a El señor Ruiz quiere tomar el tren	☐	☐
b Quiere un billete de ida sólo.	☐	☐
c El vuelo sale a las once horas.	☐	☐
d Quiere ir a Madrid el jueves.	☐	☐

e El señor Ruiz no quiere una reserva. ☐ ☐

f El señor Ruiz dice que quiere pagar con
   su tarjeta de crédito (信用卡). ☐ ☐

g El avión llegar a Madrid en tres cuartos
   de hora. ☐ ☐

h El señor Ruiz paga sesenta euros. ☐ ☐

Documento número 7

觀察西班牙語的登機證與我們的登機證的不同之處，回答下列問
題。

a ¿Para qué fecha es el vuelo?
b ¿Qué número tiene el asiento?
c ¿Es de fumadores o no fumadores?
d ¿Es un vuelo Londres–Madrid o Madrid–Londres?

🦉 Diálogo 2

🎧 聽 (或者讀) 兩遍伊莎貝爾和理查德的這段對話。

Isabel	¿Qué quiere Vd. – un té o un café?
Ricardo	Quiero un café.
Isabel	¿Cómo lo quiere – solo o con leche?
Ricardo	Lo quiero con leche.
Isabel	¿Quiere azúcar?
Ricardo	No. No quiero azúcar.

🔑

¿cómo lo quiere?	你想要它…… 嗎？	**la leche**	牛奶
lo quiero...	我想要它……	**el azúcar**	糖

🗝 Para estudiar

Lo/la quiero 我想要它

在漢語中，為了語言流暢簡潔，行文更加自然，常用 "它" 來代替名詞。西班牙語則用**lo**和**la**，**lo**代替陽性名詞，**la**代替陰性名詞，代替複數名詞時分別用**los**和**las** (意為：它們)。請看下面的例句：

Necesito un billete para Madrid. Lo necesito para viajar el día 19.	我需要一張去馬德里的票。 我要19號的。
Tengo dos entradas de teatro. ¿Las quiere Vd.?	我有兩張戲票。 你要它們嗎？
Quisiera un té. Lo quisiera con limón.	我想要杯茶，裏面加些檸檬。

✔ Actividad

3 選擇lo, la ,los或者las填空。

   a ¿Cómo quiere Vd. el café – solo o con leche? … quiero solo.

   b Quiero cuatro entradas de teatro. … quisiera para el jueves.

   c Necesito dos billetes para Málaga. … quiero de ida y vuelta.

   d ¿Cómo quiere Vd. el té – con leche o con limón? … quiero con limón.

   e ¿Cómo quiere Vd. su aperitivo? … quisiera con mucha tónica y poco gin.

本單元的內容和下一單元的內容緊密相連。如果你能順利通過下面的**Evaluación**，就請開始學習單元 9。

✔ Evaluación

你能用西班牙語表達下列句子嗎？

1 我想要一杯咖啡。

2 我需要在星期五那天到達馬德里。

3 你能預定一間房嗎？

4 我需要在17日到辦公室開會。

5 我明天要去巴黎，飛機在上午10:15起飛。

6 我想要兩張23日的戲票。

9 | GUSTOS Y PREFERENCIAS
口味與喜好

在這一單元中，你將學習如何：

■ 表達自己的喜好
■ 表達你喜歡與不喜歡

Preámbulo

Me gusta ...　我喜歡……

如果你想用西班牙語說：

　　我喜歡音樂。

　　我喜歡蘇格蘭威士忌。

　　我喜歡西班牙的比利牛斯山脈。

你可以這樣表達：

me gusta la música

me gusta mucho el güisqui escocés

me gusta muchísimo el Pirineo español

me gusta la música直譯就是"音樂使我愉快"。為了加強你喜歡的程度，你也可以在句子中加上**mucho**或者**muchísimo**。"我喜歡某個東西或者某些東西"常常用**me gusta**或者**me gustan**。例如：

Me gusta el té con limón.
Me gusta ir al cine.
Me gusta el arte de Picasso.
Me gustan los cafés de Madrid.
Me gustan los perros.
Me gustan todas las óperas de Verdi.

如果你不喜歡這些東西，你就可以這樣表示：

No me gusta el té con limón.
No me gusta la música de Verdi.
No me gustan los perros, etc.

La vida de los Méndez

📖 Lectura

La señora Méndez habla de su vida en Madrid. 曼德夫人談論她在馬德里的生活。

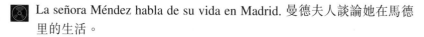
聽 (或者讀) 兩遍這段關於曼德一家在馬德里的生活的描述，特別注意曼德夫人是如何描述她和她丈夫的喜好的。

No me gusta la vida moderna. No me gusta vivir en Madrid. Hay demasiado tráfico. Hay demasiados coches en la calle. Quisiera vivir en Málaga pero mi marido no quiere. Mi marido se llama Benito. Benito Méndez Ortigosa. Quiero mucho a mi marido. Es un ángel. No tenemos mucho dinero pero estamos muy contentos. A mi marido le gusta vivir en Madrid. Dice que es más animado, más interesante. Le gusta ir al café con los amigos. Hablan de política y de fútbol. A mí me gusta ir al café para tomar un té o un chocolate. Me gusta también la televisión. Pero hay demasiada política y demasiado fútbol. Me gustan los seriales. A mi marido no le gustan. Dice que son demasiado sentimentales. Pero yo prefiero los seriales a la política.

la vida　生活(名詞)	**demasiados, demasiadas**　太多(修飾可數名詞)
el dinero　錢	
animado　生動的，活潑的	**preferir, prefiero**　更喜歡，我情願
demasiado, demasiada　太，太多(修飾不可數名詞)	

⌀ Comentario

表達對比的常用方式有：

A mí me gustan los seriales.　　我喜歡連續劇。

A mi marido no le gustan.　　我丈夫不喜歡。

¿A Vd. le gusta la política?　　你喜歡政治片嗎？

單詞**a mí, a mi marido, a Vd.**不影響句子的意思，只表示強調。

☑ Actividad

1 把下列答案補充完整。

¿Qué dice la señora Méndez de Madrid?

a Dice que … … … vivir en Madrid.
¿Qué dice de Málaga?
b Dice que … vivir en Málaga.
¿Qué dice de su marido?
c Dice que le … mucho.
d Dice que … … Benito.
e Dice que es … … .
f Dice que … … vivir en Madrid.
¿Qué dice de ir a tomar chocolate?
g Dice que … … .
¿Qué dice de la televisión?
h Dice que hay … … .
¿Qué dice de los seriales en la televisión?
i Dice que … … .
¿Qué dice el señor Méndez de los seriales?
j Dice que … … … .
¿Le gustan al señor Méndez los seriales?
k No. No … … .

✱ 注意最後一個問句的單詞順序。"曼德先生喜歡連續劇嗎？"在英語中表達的比較簡單 (Does señor Méndez like (the) serials?)，但是在西班牙語中，按照字面來看，就變成了英語的to him /please/to señor Méndez/the serials? to him和 to señor Méndez表示的意思其實是一樣的，是重複表達。在書中的後面部分你會注意到多次出現這種重複，這也正是西班牙語的特點。你也一定注意到了**a mí me gusta**和**a mí marido le gusta**。這裏的**a mi**和**me, a mi marido**以及**le**都表示同樣的事情，表達兩遍是為了強調和更加清楚。

🎴 Diálogos

當然，即使你喜歡某樣東西，也不一定要它。請看下面的對話。

🎴 Diálogo 1

Señor A   ¿Quiere un café?
Señor B   No, gracias.
Señor A   ¿No le gusta?

Señor B	Sí, me gusta, pero no me apetece ahora.
Señor A	¿Le apetece un aperitivo?
Señor B	Sí, me apetece un vermú.

Diálogo 2

Ricardo	¿Quiere Vd. tomar algo?
Isabel	Sí. Gracias.
Ricardo	¿Qué le apetece? ¿Güisqui, gin-tonic, vermú?
Isabel	No. No quiero alcohol. Me apetece un té, si lo hay.
Ricardo	¿Lo prefiere con leche o limón?
Isabel	Prefiero té con leche, por favor.

apetecer (me apetece) 吸引	**algo** 某物，某事
el vermú 苦艾酒	**si lo hay** 如果有一個／一些

Para estudiar

1 Me apetece ...   我想……，我喜歡……

Me apetece意思是"我喜歡它，它很吸引我"。用法與me gusta相同，後面可以接名詞或者動詞。

No me apetece salir.	我不想出去。
¿Le apetece un aperitivo?	你想要一杯開胃酒嗎？
No le apetece trabajar hoy.	他／她今天不想工作。
A mí no me apetece ir al	我不想去電影院，但是我的朋
cine, pero a mi amigo sí.	友想去。

2 Prefiero ...   我情願……，我更喜歡……

注意這個動詞的原形是**preferir**，"我喜歡"用**prefiero**，"他／她／它喜歡"和"你喜歡"用**prefiere**或者**Vd. prefiere**。第二個音節中的-e-要用-ie-代替。"他們喜歡"用**prefieren**，但是"我們喜歡"用**preferimos**，沒有-ie-。這在西班牙語中是很常見的一種形式。和我們新學的**quiero, quiere, quieren** (除了**queremos**，這些單詞的原形是**querer**) 是一樣的。

✔ Actividades

 2 談到咖啡的時候，你能表達下面的內容嗎？

a 你喜歡它。

b 你更喜歡裏面加些牛奶。

c 你不喜歡裏面加糖。

d 現在你不想喝。

談到茶的時候，你能詢問：

e 伊莎貝爾是否想要一杯嗎？

f 她是否喜歡嗎？

g 她是否總是喜歡加些牛奶？

h 她是否不喜歡加糖？

談到酒的時候，你能詢問：

i 帕克是否喜歡西班牙葡萄酒？

j 他是否喜歡威士忌或者苦艾酒？

k 他是否喜歡來杯杜松子酒？

l 他是否喜歡裏面加些檸檬？

3 假設你現在情緒十分不好，不想做朋友建議的任何事情。請按照問題後面括號裏的提示表達你的情緒。

a ¿Quiere ir al cine? （你不想要。）

b ¡Vamos al café para tomar un chocolate! （你不喜歡巧克力。）

c ¿Prefiere Vd. un gin-tonic? （不，你不想要杜松子酒。）

d ¿Quiere ir a la ópera? （你不喜歡Verdi的音樂。）

e ¿Prefiere salir en el coche? （你不喜歡。）

f Entonces, ¿quiere Vd. ir a casa? （是的，你想回家。）

4 根據曼德夫人對他們在馬德里生活的敘述，想像你是曼德先生，將下列左右兩側的短語連成句子，盡可能使這些句子貼近真實情況。

a A mí no me gusta	**i** hablar de fútbol.
b A mi mujer le gusta	**ii** vivir en Madrid.
c A mí me gusta	**iii** el té.
d A mi mujer no le gusta	**iv** el chocolate.
	v la vida moderna.
	vi la vida en Málaga.
	vii un serial.
	viii la política.

Documento número 8

```
*PARADOR DE TURISMO*
   NIF. A-79855201
IVA INCLUIDO*GRACIAS*
  *SALAMANCA*

  08-04-01  15:51
C001              131

4X              @155
CAFE            .620
4X              @135
BOLLOS Y SIM .540
CAJA         -1.160
```

這張在Salamanca的**Parador**咖啡店的帳單包含了許多信息 (貨幣單位為比塞塔)。上面有日期和時間，還有增值稅 (**Impuesto de Valor Añadido**)。**Bollos y Sim(ilares)** 是指我們吃的糕餅。

回答下列問題：
   a ¿Cuánto es un café?
   b ¿Cuánto son cuatro cafés?
   c ¿Para qué fecha es?
   d ¿A qué hora?

⚗ Sumario

在本單元的最後,總結了如何表達你的喜好 (**gustar**和**apetecer**用法一樣,所以這裏只列舉了**gustar**的例子)。下面同時列出了不太常用的"我們"和"他們"作主語時的動詞形式。

Me gusta el vino español.	我喜歡西班牙葡萄酒 (單數)。
Me gustan los vinos españoles.	我喜歡西班牙葡萄酒 (複數)。
Le gusta el viño español.	他／她／你喜歡西班牙葡萄酒 (單數)。
Le gustan los vinos españoles.	他／她／你喜歡西班牙葡萄酒(複數)。
Nos gusta el vino español.	我們喜歡西班牙葡萄酒 (單數)。
Nos gustan los vinos españoles.	我們喜歡西班牙葡萄酒 (複數)。
Les gusta el vino español.	他們喜歡西班牙葡萄酒 (單數)。
Les gustan los vinos españoles.	他們喜歡西班牙葡萄酒 (複數)。

記住,你可以通過在句子中加入**mucho**或者**muchísimo**來加強你的真實想法。

它表示你的真正意思是"西班牙葡萄酒讓我／他／她／你／我們／他們覺得很高興"。通常都是用這種方式來表達對某物的喜愛,如果是不喜歡,就在動詞前面加**no**。練習幾次之後,你就會覺得很容易了。類似的用法,在以後的學習中還會遇到。

✳ 最後一點要指出的是,如果沒有你特別喜歡的卻又不得不選擇,就可以説:

Me da igual. 對我來説都一樣。

✓ Evaluación

你能表達下列句子嗎?

1 你喜歡音樂。

2 你非常喜歡佛拉明高 (flamenco) 舞曲。

3 你不喜歡足球。

4 你喜歡古典音樂 **(la música clásica)**。

5 詢問一個朋友是否喜歡佛拉明高舞曲 (flamenco)。

6 詢問一個朋友是喜歡佛拉明高舞曲還是喜歡古典音樂。

7 你想要回家，因為你不願意再做任何工作，你需要一杯杜松子酒。

Documento número 9

一家旅行社正在為幾條廉價的航線打廣告。(注：**a precios de auténtica ganga**意為 "價格極低")

2000 ptas. = 12歐元

3000 ptas. = 18歐元

回答下列問題：

a ¿Quiere Vd. ir a Mallorca? (表達不，你不去。)

b ¿O prefiere ir a Gran Canaria? (表達是的，你去。)

c ¿Cuánto cuesta ir a las islas Baleares? (¿Y en euros?)

d ¿Y cuánto a las Canarias? (¿Y en euros?)

e ¿Dónde necesita hacer la reserva?

10 | COSAS PERSONALES
個人的日常活動

在本單元中，你將學習如何：

■ 談論日常活動，例如梳洗穿衣

■ 一般情況下對他人行為的客觀描述

Preámbulo

我們所做的許多事情只反應了自己的私人行為。例如起床、上床睡覺、梳洗、着裝、坐下以及情緒高漲或者低落等。這些情況下，要用**me** (我自己)，**se** (他自己／她自己／你自己／你們自己) 以及**nos** (我們自己) 和動詞一起來表達動作或者狀態，這些詞被稱為 "反身代詞"。像你學過的**me llamo** (我的名字是……)。其他的例如：

me lavo	我梳洗
me levanto	我起床
me siento bien	我身體很好
no me siento bien	我身體不太好

Paco **se levanta** a las siete.
Le señora Méndez siempre
se siente bien en Málaga.
Nos divertimos mucho
cuando estamos de
vacaciones.

帕克在七點鐘起床。
曼德夫人在Málaga一直很好。

我們渡假過得很高興。

✳ 注意下列兩句話的不同之處：

Lavo el coche todos
los domingos.
我星期日洗車。

Me lavo todos los días.
我每天梳洗。

▶ Monólogos

▶ Monólogo 1

Isabel habla de lo que Paco hace todas las mañanas. 伊莎貝爾描述帕克
每天早上的行為。

Paco se levanta a las siete. Se lava y se viste y sale de casa a las ocho menos veinte. Va en coche a la oficina. Llega a las ocho, y se sienta inmediatamente para trabajar. Le gusta su trabajo. Tiene compañeros simpáticos y se siente bien en el ambiente de la oficina.

🎨 Comentario

Se viste 意思是"他穿衣"。**El ambiente** 意思是"空氣"或者"環境"。注意 **se siente** 是"他感覺",**se sienta** 是"他坐下"。這兩個動詞很相像。**Me siento** 可以表示"我感覺"或者"我坐下"。表示"感覺"的動詞原形是 **sentir**,表示"坐"的動詞原形是 **sentar**。

💿 Monólogo 2

現在帕克談論起自己的事情,內容和上一段內容一樣。注意動詞的變化——它們以**-o**結尾。

Me levanto a las siete. Me lavo y me visto y salgo de casa a las ocho menos veinte. Voy en coche a la oficina. Llego a las ocho, y me siento inmediatamente para trabajar. Me gusta mi trabajo. Tengo compañeros simpáticos y me siento bien en el ambiente de la oficina.

💿 Monólogo 3

現在曼德夫人描述她和丈夫早晨的生活習慣:

Benito y yo nos levantamos tarde. No tenemos prisa porque mi marido está jubilado y no trabaja. Nos lavamos y nos vestimos y salimos a la calle a las doce. Vamos al café y nos sentamos en la terraza. Nos gusta salir todos los días.

🎨 Comentario

Tener prisa 意思是"着急",**No tenemos prisa** 意思是"我們不着急"。文中的本尼托 · 曼德先生已經退休了 **(jubilado)**。曼德夫人説 **nos arreglamos** (我們準備好了),不説**nos lavamos y nos vestimos**。**Arreglar** 意思是"安排",如果你想用它表示"某人安排好了"或者"某人準備好了",就用**arreglarse**,在動詞原形的詞尾加上**-se**表示用於反身代詞。**Hablar**的意思是"説",**hablarse**就是"自言自語"。

✔ Actividad

1 根據上文的內容，回答下列問題：

  a ¿Qué hace Paco a las siete?

  b ¿Y qué hace inmediatamente después?

  c ¿A qué hora sale de casa?

  d ¿Qué hace cuando llega a la oficina a las ocho?

  e ¿Por qué se siente bien en el ambiente de la oficina?

  f ¿Los Méndez se levantan a las siete?

  g ¿Por qué no?

  h ¿Qué hacen antes de salir? (**antes de**, 以前，在……之前)

  i ¿Qué hacen cuando llegan al café?

  j ¿Qué dice la señora de salir todos los días?

🔾 Para estudiar

Se 一個

當你泛指一個人時，就要用一個非常重要的詞se (見單元6)。例如，你可能想說：

在西班牙，人們說："buenos días"，

或者   在西班牙你們 (不確指) 說："buenos días"，

再或者   在西班牙他們說："buenos días"。

所有這些都可以用西班牙語說成：

En España, **se dice** 'buenos días'.

你以前也曾碰到過它的用法，如：

Se habla español.   一個講西班牙語的人。

和 **Se puede …?**   人們可以……嗎？我可以……嗎？

注意這句非常有用的問句：

¿Cómo se dice … en español?　用西班牙語怎樣說……？

這裏有幾個動詞表示日常行為，例如：

En Inglaterra, **se bebe** más té que café.	在英格蘭，人們更愛喝茶，不愛喝咖啡。
En España, **se bebe** más café que té.	在西班牙，人們更愛喝咖啡，不愛喝茶。
En Inglaterra, **se paga** en libras esterlinas.	在英格蘭，人們用英鎊付款。
En España, **se paga** en pesetas o en euros.	在西班牙，人們用西班牙銀幣付款。
En Inglaterra, **se circula** por la izquierda.	在英格蘭，你要左側通行。
En España, **se circula** por la derecha.	在西班牙，你要右側通行。

注意： **por la derecha**　　　　在右邊

　　　 por la izquierda　　　在左邊

還要注意**más...que** (比……再加) ，這是　個很重要的詞，相當於英語中的who (誰) ，which (哪個) ，that (那個) 或者than (比……) ，在問句中表示which (哪個) 或者what (什麼) 。但是它不能像英語中的關係代詞which或者that那樣可以省略。

El libro **que** tengo ...　　　　我有的那本書……

✔ **Actividades**

2 再看一遍帕克和曼德夫人對早上生活習慣的描述，然後根據下面的提示提問。

   a Paco: Me levanto a las siete.
   b Paco: A las ocho menos veinte.
   c Paco: Llego a las ocho.
   d Paco: Sí. Me gusta.

 e Paco: Porque tengo compañeros simpáticos.
 f Sra. Méndez: Nos levantamos muy tarde.
 g Sra. Méndez: Porque mi marido no trabaja.
 h Sra. Méndez: Porque está jubilado.
 i Sra. Méndez: A las doce.
 j Sra. Méndez: En la terraza.

3 從右邊的選項中選擇一個和左邊的短語組成完整的句子。

a	En España, se circula	**i**	en la terraza.
		ii	por la derecha.
		iii	a las doce.
b	En Cataluña,	**i**	les gusta el té.
		ii	no se entiende catalán.
		iii	viven los catalanes.
c	A las siete de la tarde	**i**	me lavo.
		ii	salgo de la oficina.
		iii	me visto.
d	Los señores Méndez se levantan	**i**	tarde.
		ii	en la oficina.
		iii	después de vestirse.
e	Paco se siente bien en la oficina porque	**i**	le gusta sentarse.
		ii	no le apetece el trabajo.
		iii	tiene compañeros simpáticos.
f	Cuando los señores Méndez van al café	**i**	beben un güisqui.
		ii	toman un chocolate.
		iii	llegan a las cuatro.

4 用**se**表達下列句子。

 a 人們在下午七點鐘喝開胃酒。
 b 在西班牙人們吃得很好。
 c Burgos的人講西班牙語講得好。
 d 人們在家比在辦公室感覺更開心。
 e 人們都需要工作。
 f 人們每天帶着狗一起散步。
 g 你不可以用支票付款。
 h 在英格蘭，人們喝茶比喝葡萄酒多一些。

Documento número 10

IMPORTANTE EMPRESA DE INFORMATICA
Solicita

RECEPCIONISTA

Se ocupará también de ciertas labores de Secretariado

Se requiere:
- Imprescindible inglés y/o francés para atender llamadas telefónicas en dichos idiomas.
- Experiencia en manejo de máquina y mejor con conocimientos de tratamiento de textos sobre PC.
- Edad desde 18 a 25 años.

Se ofrece:
- Contrato laboral.
- Incorporación inmediata.
- Horario de 8,30 a 13,30 y de 14,30 a 17,30.

Escribir urgentemente al apartado 6102, 28080 MADRID, adjuntando Curriculum Vitae con fotografía (imprescindible), e indicando pretensiones económicas. Ref. RECEPCIONISTA/6.

看看這張電腦 (**informática**) 公司招聘接待員的廣告。注意**se ocupará** "該人員做……工作" (需要做秘書工作)和**se requiere** "該人需要……" (他們需要懂英語和／或者法語，會打字，最好擅長文字處理工作。) 以及**se ofrece** "提供……"。地址欄上的**apartado 6102**是 "郵箱號碼"。

公司為符合這些條件的人提供了哪三件事？

✔️ Evaluación

你能用西班牙語完成下列練習嗎？

1 表達帕克很着急。

2 表達我們很着急。

3 表達你在七點鐘穿好衣服，八點半出門。

4 表達你每個星期六都過得很愉快。

5 表達你感覺不太好，想要回家。

6 詢問是否可以用信用卡付款。

7 表達你每一個星期日都起床很晚。

8 表達你不喜歡在辦公室裏工作，因為你的同事讓你不愉快。

11 | **ENTRE AMIGOS**
朋友之間

在本單元，你將學習如何：

■ 在與家人和朋友談話的時候，稱呼"你"

🔊 Preámbulo

到目前為止，本書中稱呼對方都用**Vd.**和**Vds.**來表示"你"。但實際上，西班牙語和法語、德語、意大利語以及其它語言一樣（不包括英語），不止一種方式表示"你"。如果你非常熟悉一個人，或者你想同他非常隨便地聊一聊，你就可以稱呼他為**tú**，而不必用**Vd.**。**Tú**用於家人、朋友之間，也用於同孩子說話或者年輕人之間談話時。隨着西班牙人越來越不拘於禮節，**tú**也應用得越來越廣泛。成年人在非正式場合即使第一次遇見對方時，也稱呼為**tú**。所以有時候很難判斷遇見西班牙熟人時是稱呼**Vd.**還是稱呼**tú**。如果你很猶豫，那麼在對方稱呼你**tú**之前，還是稱呼對方**Vd.**吧，畢竟正式一點的稱呼比較合適一些。這也是我們為什麼在文章開頭一直用**Vd.**的原因。如果不是在美洲中部和南部，而是在西班牙，你可能聽到用**tú**的情形比較多，這也取決於你所生活的社會環境和年齡階層。

這一單元將教你練習使用**tú** (複數形式是**vosotros**)，我們將對以前學過的某些內容進行替換，同時也幫助你在學習本書第二部分內容之前進行一次回顧。

Ⓐ Para estudiar

1 對比 Vd. 和 tú

聽 (或者讀) 下面這些短句子，我們已經按照需要進行了改動。因為帕克和伊莎貝爾都是年輕人，所以用 **tú** 稱呼他們聽起來更自然 (複數時用 **vosotros**)。然而曼德夫婦年紀較大，思想守舊，所以對他們講話的時候用 Vd. 和 Vds. 就比較合適。

選自單元 1

¿Quién es Vd?	Soy el señor Méndez.
¿Quién eres (tú)?	Soy Paco.
¿Eres Luisa?	No. No soy Luisa.
¿Cómo te llamas, pues?	Me llamo Isabel.

選自單元 2

¿De dónde eres, Paco?	Soy de Madrid.
¿De dónde eres, Isabel?	Soy de Madrid también.
¿De dónde sois, Isabel y Paco?	Somos de Madrid.

選自單元 3

¿Dónde vives, Isabel?	Vivo en la calle Almagro.
¿Y dónde trabajas?	Trabajo en la calle María de Molina.

2 Vd. es 與 tú eres

注意如果你稱呼某人用 **Vd.**，你要用：

es
vive
trabaja

但是如果你用的是 **tú**，你要用：

eres
vives
trabajas

用tú作主語時，動詞總是以**-s**結尾。例如：

選自單元 *4*

¿Cómo está Vd., doña Aurora?	Estoy bien, gracias, ¿y Vd.?
Hola, Paco. ¿Cómo estás?	Estoy bien, gracias, ¿y tú?
¿Estás de vacaciones?	Todavía no. Voy en julio.

選自單元 *5*

Isabel, ¿cuántos hermanos tienes?	Tengo una hermana y dos hermanos.
Paco, ¿dónde tienes tu coche?	Está en la calle. No tengo garaje.
Isabel, ¿tienes un coche para ti sola?	No. A mí me gustan los taxis.

選自單元 *6*

¿Cuándo vas a Santander, Paco?	Voy el 5 de junio.
¿Y cuándo vuelves a Madrid?	Vuelvo el 10 de junio.

3 Tú與ti

你將注意到，當對帕克或者伊莎貝爾説話時，使用**tú**，我們也要這樣表示**tu coche** (你的小汽車) 和**para ti sola** (為了你一個人)。

4 Vosotros sois

綜上所述，我們用**tú**指代帕克或者伊莎貝爾。再看一遍我們所用的動詞。但是當我們問他們兩個從哪裏來的時候，我們要問：

¿De dónde sois, Isabel y Paco?

如果你對兩個人或者更多的人説話，而他們又都是你所熟知的人，就要用**sois**。指代"你們"的這個代詞，在這種情形下，就用**vosotros**，而不用**Vds.**。請再看一遍單元6中的**Actividad 4**，那裏有我們問曼德夫婦的幾個問題。如果我們與他們非常熟絡，我們就可以用這樣的方式來問：

¿Por qué estáis en Málaga?
¿Cuándo volvéis a Madrid?
¿Cuánto tiempo pasáis en Málaga?
¿Estáis en un hotel?
¿Dónde vais hoy para tomar el aperitivo?
¿También coméis en el café?
¿Tenéis familia en Málaga?
¿Qué hacéis después de la siesta si no visitáis a amigos?

再讀一遍上述的問題，對照以前的提問方式，觀察我們在把**Vds.**替換成**vosotros**的時候，句子發生了哪些變化。你也不用花費很多時間來學習這一點，因為大多數的對話是一對一，而不是對兩個人或者一群人的，所以現在你只需要注意**tú**這種形式。

選自單元 8

¿Qué quieres – un té o un café?	Quiero un café.
¿Cómo lo quieres – con leche?	No. Lo quiero solo.

5 我愛你

quiero用於人的時候，意思是"我愛"，當你告訴某人你愛她／他，很自然就要用這個詞。

¿Me quieres?	Sí. Te quiero.
¿Cuánto me quieres?	Te quiero muchísimo. Te adoro.

6 ¿Te gusta?

選自單元 9

如果你想問一個朋友他／她是否喜歡某物，你可以説：

¿Te gusta el arte de Picasso?	Pues no me gusta mucho.
¿Te gustan las óperas de Verdi?	Sí, me gustan, pero prefiero las de Mozart.

或者問他／她喜歡哪一個：

¿Qué prefieres – vino blanco o vino tinto?	Prefiero vino tinto.

¿Te apetece un vino ahora?	No gracias. No me apetece en este momento.

選自單元 *10*

¿A qué hora te levantas, Paco?	Me levanto a las siete.
¿Te lavas todos los días?	Naturalmente.
¿A qué hora sales de casa?	Salgo a las ocho menos veinte.
¿Tienes prisa? ¿Por qué no te sientas un poco?	Bueno. Solamente un minuto.

（你着急嗎？你為什麼不坐一會兒？）

注意當你用**tú**稱呼對方時，要用**te gusta**代替**le gusta**，用**te levantas**代替**se levanta**。本書的第二部分有許多**tú**的應用，屆時將根據説話雙方的關係，決定用正式的稱呼還是不正式的稱呼。

✓ **Actividad**

1 這裏是一些有關曼德先生和／或者曼德太太的問題，請將人物換成帕克和依莎貝爾重新提問，且第二人稱使用**tú**或者**vostros**。

a Señor Méndez, es Vd. madrileño, ¿no?
b ¿Va Vd. todos los días al café, señor?
c ¿Tiene Vd. un coche, señor?
d ¿Le gusta el fútbol, señor Méndez?
e ¿Tiene Vd. prisa por las mañanas, señor?
f Señor Méndez, ¿dónde pasa Vd. sus vacaciones?
g Y ¿dónde prefiere Vd. vivir?
h ¿Qué le apetece más, señora, un té o un café?
i ¿Qué familia tienen Vds., señores?
j ¿A qué hora salen Vds. por la mañana, señores?

✱ 在最後兩個問題中，你可以説**Isabel y Paco**。但是你還可以説成**Paco e Isabel**。因為，如果後面的單詞是以**i-**開頭，就要把**y**變成**e**。例如，**Inglaterra y España**和 **España e Inglaterra, hablo italiano y francés** 和**hablo francés e italiano**。

本單元沒有**Evaluación**，因為在我們所舉的例子中，已經回顧了所學的內容。這是最後一個基礎知識的單元，如果你順利的學到這裏，那麼真是棒極了！希望你到目前為止學得很愉快，並且有了學習西班牙語的基本能力。假如你自信充分理解並記住了我們這十一個單元的內容，那就請學習接下來的十個單元吧。你可以按照任何順序學習12-20單元 (21單元是總結部分)，但是除非你有充分的理由這樣做，否則最好還是按順序學習。

12 | **DÉSE A CONOCER**
讓別人了解自己

在本單元，你將學習如何：

■ 出示證件 (如護照、駕駛證等)

■ 表達其他數字

Preámbulo

為了更加詳細地介紹你自己，你要學會使用數字和拼寫單詞。回頭看一下引言。練習字母的發音 (請聽CD)，然後再練習拼寫你的名字，你所居住的公路、街道或者城鎮的名字。("如何拼寫？"的西班牙語是：**¿Cómo se escribe?**)

複習本書第一部份的數字：

數字1-20：見單元 3

數字21-31：見單元 6

數字32-199：見單元 7

數字整百這樣表示：

200	doscientos	600	seiscientos
300	trescientos	700	setecientos
400	cuatrocientos	800	ochocientos
500	quinientos	900	novecientos

要特別注意表示500、700和900的單詞。

你談論事物的數量的時候 (包括錢幣在內) ，凡是幾百這樣的數字當它修飾陰性名詞時，都要在後面加上**-as**，如下所示：

500 pts. quinientas pesetas	£600 seiscientas libras
除了	除了
DM 400 cuatrocientos marcos	€900 novecientos euros

你已經知道，"一千"是**mil**，"兩千"是**dos mil**。

所以，如果你想表達更長一些的數字，就像在單元7中所見的日期一樣，你只需要把這些單詞組合到一起就可以了，注意要在十位數字和個位數字中間加上**y**。例如：

1997	mil novecientos noventa y siete
1588	mil quinientos ochenta y ocho
16.000	dieciséis mil
237.741	doscientos treinta y siete mil, setecientos cuarenta y uno

注意數字位數較長時，要在千位數字後面加上句點。

你可能不會經常用到像最後一個那樣長的數字，但是能説出距離現在最近的幾個年份還是很有用的。

一提到數字，就想起電話號碼。在單元4中我們簡單的提到過。電話號碼要兩位兩位的説，如果是奇數位，就單獨説第一位數字。例如：

222069	veintidós, veinte, sesenta nueve
760645	setenta y seis, cero seis, cuarenta y cinco
4452962	cuatro, cuarenta y cinco, veintinueve, sesenta y dos

注意：某些特別的數字不適用於該原則。

🔊 Comentario

帕克到他在Santander住的旅館開會。他要填寫一張登記卡。在閱讀下面的**Comentario**之前，先看一看這張登記卡。

Nombre ....

Apellidos ....

.... **Fecha de nacimiento** ....

Dirección ....

....

Nacionalidad .... **DNI Nº/** ....

Expedido en .... **Fecha** ....

首先要求帕克填寫他的教名，**nombre**意思是他的常用的名字或者第一個名字。**Apellidos**是"姓氏"(別忘了西班牙人有兩個姓氏)，接著，他要填寫出生日期、地址、國籍和身份證號碼，以及簽發身份證的地點和日期。**DNI**代表**Documento Nacional de Identidad**，所有西班牙人都有的身份證。通常也被稱為**el carnet**或者**el carné**。

✳ 一個小貼士——當定旅館房間的時候，最好只填寫第一個名字或者教名，再加上姓氏即可，因為西班牙人有兩個姓氏，如果你填寫兩個名字，第二個教名有可能被認為是第一個姓氏。且預約單丟失時，通常是依據你的教名查詢的。

✅ Actividad

1 看看你是否能回答下列問題，因為它們都是涉及你個人的，所以 **Clave**中沒有給出答案。

    a ¿Cuál es su apellido?
    b ¿Cómo se escribe?
    c ¿Dónde vive Vd.?
    d ¿Y su dirección exacta?
    e ¿Tiene Vd. número de teléfono?
    f ¿Cuál es su fecha de nacimiento?
    g ¿Tiene Vd. pasaporte y carnet, o solamente pasaporte?
    h ¿Qué nacionalidad tiene Vd.?

🔊 Diálogos

聽 (或者讀) 兩遍下面的對話，練習大聲朗讀，尤其要注意數字的讀法。

Diálogo 1

¿Tiene Vd. permiso de conducir?
Sí, tengo.
¿Qué número tiene?
Es el OP64302.
¿Cuál es la fecha de caducidad?
El cuatro de septiembre, del año 2022.

Diálogo 2

¿Usa Vd. tarjeta de crédito? (Visa, 4B?)
Sí, claro.
¿Cuál es el número de la tarjeta?
Es el 21436580.
¿En qué fecha caduca?
Caduca el dos de mayo, del 2010.

Diálogo 3

¿Tiene Vd. seguro de accidente?

Sí, tengo.

¿Cuál es el número de la póliza?

El número de la póliza es FL6724.

Diálogo 4

¿Tiene Vd. cheques de viajero?

Sí, tengo.

¿Cuántos cheques tiene?

Tengo diez cheques.

¿Son en dólares o en libras esterlinas?

Son en dólares.

¿Qué valor tienen en total?

Dos mil dólares.

permiso de conducir	駕駛證	**tarjeta**	卡片
fecha de caducidad	有效期	**seguro**	保險
caduca	它過期了	**póliza**	保險單

 Actividad

2 與帕克對話 (用**tú**稱呼)，按照文中的提示問他一些問題，並大聲朗讀帕克的回答。

a 你 問他是否有身份證。

Paco Sí tengo, naturalmente, como todos los españoles.

b 你 問號碼是多少。

Paco Es el 4.768.905

c 你 問什麼時候到期。

Paco Caduca el 7 de octubre, de 2008. Los carnets caducan a los diez años.

d 你 問他是否有駕駛證。

Paco Sí, aquí está.

e 你	問他是否有護照。	

Paco　　Sí, tengo, pero caduca este año.

f 你　　問他是否使用信用卡。

Paco　　Sí, una tarjeta Visa.

g 你　　問他是否買了保險。

Paco　　Sí, desde luego (當然).

h 你　　問他的保險單號碼是多少。

Paco　　Es el 2040648.

i 你　　問他在哪裏住。

Paco　　En la calle Meléndez Valdés 5,3ºD.

j 你　　問他的電話號碼是多少。

Paco　　Es el 2253819.

k 你　　問他姓什麼。

Paco　　Son Ruiz Gallego; me llamo Francisco Ruiz Gallego.

l 你　　問他怎樣拼寫這兩個字。

Paco　　Se escriben R-U-I-Z G-A-LL-E-G-O.

3 伊莎貝爾去Bilbao探望朋友的時候丟了錢包。她去了警察局，但被要求填寫一些個人情況。請將左邊的問題與右邊的答案連線。

a ¿Sus apellidos, por favor?	**i**	Aquí lo tiene
b ¿Y su nombre?	**ii**	El doce de mayo, 1980
c ¿Dónde vive Vd.?	**iii**	Isabel
d ¿Su fecha de nacimiento?	**iv**	El día 20
e ¿Su carnet, por favor?	**v**	Ballester García
f ¿Cuándo vuelve Vd. a Madrid?	**vi**	Almagro 14, 6º A, Madrid

4 請大聲讀出下列的價格、電話號碼和年份。

a 500 pesetas/3 euros	**g** 200 pesetas
b 1.235 pesetas/7,42 euros	**h** 1995
c 165 pesetas/1 euro	**i** 1984
d 100 pesetas/0,60 euros	**j** 2010
e 2.500 pesetas/15 euros	**k** tel. 64910
f 50.000 pesetas/300,50 euros	**l** tel. 487326

Documento número 11

Catedral de Burgos

Visita a
CLAUSTRO - MUSEO
TESORO ARTÍSTICO

AYUDA AL CULTO
400 pesetas   № 022987
2,40 €
INDIVIDUAL

Burgos是二十世紀三十年代古卡斯蒂利亞 (**Castilla la Vieja**) 和西班牙的首都。**Ayuda al Culto**是對教堂儀式的一種資助。

a ¿Qué número tiene la entrada?
b ¿Es una entrada colectiva (de grupo)?

✔ Evaluación

你能表達下列句子嗎？

1 我的生日是……
2 我的姓氏是……
3 我的住址是……
4 我的護照號碼是……
5 我買了保險，我的保險單號碼是……
6 我想用信用卡付款。

13 | EN CASA
在家

在本單元，你將學習如何：

- 談論西班牙人的家庭
- 在西班牙租房子

¿Cómo es su casa?
你的房子什麼樣？

📖 Lectura

Isabel describe el piso donde vive con su familia. (伊莎貝爾描述她和家人居住的那棟公寓。)

聽 (或者讀) 兩遍這段伊莎貝爾的描述，猜不出意思的單詞請參考單詞表。

Como ya saben Vds., vivo en la calle Almagro, número 14. Vivo con mis padres. Somos cuatro hermanos, pero mi hermana Margarita está casada y vive con su marido Luis. Así que viven cinco adultos en mi casa. Menos mal que es bastante grande. Tenemos cuatro dormitorios, un salón, un comedor y un pequeño cuarto de estar. Hay dos cuartos de baño y la cocina tiene al lado otro cuarto pequeño para lavar y planchar. Aunque la casa es vieja, tenemos calefacción central y todas las habitaciones son grandes, con techos altos. El salón y dos dormitorios son exteriores y tienen balcones a la calle. Los demás cuartos dan a un patio bastante amplio, así que el piso tiene mucha luz. Me gusta mucho la casa, y también el barrio donde está.

從現在起，單詞表只給出動詞的原形和名詞的單數形式，形容詞則只給出陽性的單數的形式，這和字典裏的一樣。

ya 已經	**aunque** 但是，儘管
saber 知道	**viejo** 老的，舊的
así que 所以，這樣	**la calefacción** 加熱
menos mal que 到也不錯，也相宜	**la habitación** 房間
bastante 公平的，合理的	**el techo** 屋簷，天花板，天棚
el dormitorio 臥室	**alto** 高的
el salón 起居室	**exterior** 外面（即樓房的前面空地）
el comedor 餐廳	**los demás** 剩下的，其他的
el cuarto de estar 起居室	**dar a** 面向，朝向
el cuarto de baño 浴室	**amplio** 充足的，寬暢的
la cocina 廚房	**la luz** 燈光，燈
el lado 邊	**el barrio** 地區，市區
planchar 熨燙，按壓	

 現在帕克描述他的公寓。

 Vivo en un piso moderno alquilado en la calle Meléndez Valdés, de Madrid. Es muy pequeño – es más apartamento que piso. Tiene un dormitorio, un salón, una cocina y un cuarto de baño. Las habitaciones son todas pequeñas – el piso no es apto para una familia. Pero para mí es muy práctico porque está ideado para personas profesionales. La cocina está muy bien instalada con nevera, lavadora y fregaplatos. También hay un horno microondas. Hay instalación de aire acondicionado y vídeo-portero. Me arreglo muy bien allí.

apto 合適的	**instalacion de aire**
ideado 設計的	**acondicionado** 空調
instalada 裝備的，安裝的	**vídeo-portero** 可視電話門鈴
la nevera 邊緣	**arreglarse** 設法，管理（裝扮，準備）
la lavadora 洗衣機	**allí** 那邊，那裏
el fregaplatos 洗碗機	
el horno microondas 微波爐	

⏺ Comentario

單詞**casa**表示"家",既可以指房子也可以指公寓,例如:

| **Me voy a casa.** | 我要回家。 |
| **Paco no está en casa.** | 帕克不在家。 |

它還可以表示一棟有許多套房間的樓房,例如:

| **Es una casa moderna** | 這是一棟現代化的十層建築。 |
| **de diez plantas.** | |

或者它只表示一般意義上的房子,即一棟一家獨有的兩三層的樓房。建在農村或者海邊的獨立的現代住宅通常被稱之為**un chalet**,半獨立的住宅被稱之為**un chalet adosado**。我們學過的**apartamento**就表示一套小公寓,而比較流行的一居室公寓房被稱之為**un estudio**。

☑ Actividades

在本單元中,我們有一個角色練習。在**Diálogo 1**中,假設你正在租一套房子,備一個月的假期使用。你去**Agencia Solymar**進行咨詢,它就在**Costa Blanca**。請先閱讀代理處職員所說的話,然後把"你"的角色的句字補充完整。在**Diálogo 2**中,你扮演的角色正好與**Diálogo 1**的相反。請不要閱讀**Diálogo 2**,看看你能完成**Diálogo 1**中多少個句字。不要放棄,盡量補充缺少的句子。

Diálogo 1

Empleado	Buenos días. ¿En qué puedo servirle?
你	表達你想在八月份租用一個別墅或者一套公寓,時間是一個月。
Empleado	Nos queda muy poco para agosto. ¿Para cuántas personas es?
你	表達兩個人住,你想要一個帶花園的房子。
Empleado	Tengo dos chalets, pero son grandes, con cuatro dormitorios.
你	表達它們太大了。
Empleado	Para dos personas tengo un apartamento solamente.
你	問是否離海灘很近。

Empleado	No muy cerca. Está en el centro. Es muy conveniente para todo.
你	詢問詳細情況。
Empleado	Aquí tiene Vd. un plano. Salón dormitorio, cuarto de baño, cocina. El salón tiene un sofá y dos butacas, y el dormitorio cama de matrimonio.

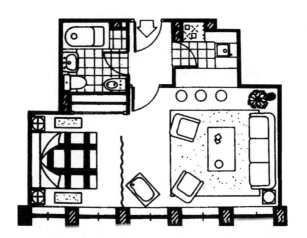

你	詢問它在幾樓。
Empleado	La cuarta. Es una casa moderna. Tiene mucha luz.
你	詢問廚房裏是否有冰箱。
Empleado	Sí. Una nevera grande, y cocina de gas butano.
你	詢問浴室裏面有什麼。
Empleado	Un baño con ducha, lavabo, wáter y bidet. Hay agua caliente de la casa.
你	詢問是否有空調。
Empleado	No. Pero es exterior y está muy bien ventilado.
你	想確定這裏是否有台電視機。
Empleado	Sí. La casa tiene antena parabólica. Recibe todos los canales.
你	詢問租金是多少。
Empleado	Cuatrocientos cincuenta euros al mes, pago por adelantado.
你	謝謝他。你想再考慮一下。

Diálogo **1**中的一些句子可能讓你感覺有一點難,所以這裏還有一個對話,內容與**Diálogo** **1**完全相同,只是你要補充的是**Agencia Solymar**職員的句子,你可借此核對一下自己在**Diálogo** **1**說過的話。然後看看自己在不回顧上一段對話之前,能完成下一段對話多少內容。

Diálogo 2

你	問候顧客,問他是否需要你幫忙。
Cliente	Buenos días. Quisiera alquilar un chalet o un piso para el mes de agosto.
你	表達八月份的房子所剩不多。問他想要幾個人住。
Cliente	Para dos personas solamente. Quisiera una casa con un jardín.
你	表達你有兩個別墅,大的,有四間臥室。
Cliente	Son demasiado grandes.
你	表達你只有一套供兩個人住的套房。
Cliente	¿Está cerca de la playa?
你	表達它離這兒很遠。但是它在市中心,很便利。
Cliente	¿Tiene más detalles?
你	看,這裏有一張平面圖。有起居室、臥室、浴室、廚房。起居室有一個沙發和兩把扶手椅子。臥室裏面有一張雙人床。
Cliente	¿En qué planta está?
你	表達它在四樓,是一套現代化的房子,很明亮。
Cliente	¿Hay una nevera en la cocina?
你	表達是的,有一個大冰箱和一個液化氣燃氣灶。
Cliente	¿Qué hay en el cuarto de baño?
你	表達浴室裏面有淋浴裝置、浴盆、馬桶和坐浴盆。還有熱水管供應熱水。
Cliente	¿Hay aire acondicionado?
你	表達沒有,但是這套房子在建築物的外側,通風很好。
Cliente	Hay una televisión, ¿verdad?
你	表達是的,房子裏面有碟形衛星天線,能收到各個頻道。

Cliente ¿Cuánto es el alquiler?

你   表達一個月450歐元，提前付款。

Cliente Muchas gracias. Lo voy a pensar.

重複做上面的練習，一直到非常熟練不用互相對照為止。

Documento número 12

MARBELLA

WHITE PEARL BEACH

Apartamentos de lujo en primera linea de playa, justo al lado del Hotel Don Carlos, le ofrecen un estilo de vida exclusivo en un marco ambiental creado para satisfacer al gusto más exigente.

Oportunidad unica deinversión con ofertas de hasta un 30% de descuento.

Para mayor información, llámenos ahora al teléfono (952) 830955/832230 Fax (952) 831781 Oficina de ventas abierta de 10.00 a 21.00 horas.

Lovell España

這裏是一則豪華套房的廣告，這些套房是投資的最好機會，可提供高達30%的折扣。但他們距離海灘有多遠呢？

14 | USAMOS EL TIEMPO LIBRE
空閒時間

在本單元，你將學習如何：

■ 表達要做的事和要去的地方

¿Qué hace en su tiempo libre?
你在空閒時間做什麼？

📖 Lectura

Vamos a preguntar a Paco lo que hace en su tiempo libre.（讓我們問一問帕克他在空閒時間做什麼。）

聽 (或者讀) 帕克對他空閒時間的描述，看你在查閱單詞表以前，可以理解多少內容。然後，用同樣的方法看看伊莎貝爾和曼德先生說了些什麼。

Como paso mucho tiempo en la oficina sentado, me gusta hacer ejercicio para estar en forma. Hay un gimnasio cerca de mi casa y voy allí dos veces por semana cuando tengo tiempo. Los fines de semana en verano juego al tenis con amigos o vamos todos a la piscina para nadar. En invierno juego al squash en el gimnasio. No veo mucho la televisión pero me gusta ir al cine o al teatro. No puedo salir todas las tardes porque a veces tengo trabajo para un cliente particular que hago en casa. Mis padres viven en Alicante y siempre voy allí para las vacaciones. Durante el mes de agosto no hago nada sino comer, beber, nadar y tomar el sol. ¡Es estupendo!

sentado 坐着的，就坐的	**a veces** 有時候
estar en forma 健身	**particular** 私人的，秘密的
dos veces por semana 一週 兩次	**siempre** 總是
el fin de semana 週末	**durante** 在……期間
el verano 夏季	**no hago nada sino...** 我除了 ……什麼也不做
jugar a 玩（球等），做運動	**nadar** 游泳
la piscina 游泳池	**estupendo** 絕妙的，了不起的
ver 看見，觀看	

Ahora, vamos a preguntar a Isabel cómo pasa ella el tiempo libre.

Yo no hago ningún deporte. No me interesa mucho. Prefiero la música. Me gusta muchísimo la música. Toco un poco el piano y la guitarra y voy a muchos conciertos. A veces salgo con Paco y otros amigos al teatro o al cine. También voy a museos y galerías cuando hay una exposición especial.

ningún deporte 根本就不運動	**la galería** 美術館，畫廊
tocar 彈奏（音樂，樂器等）	**la exposición** 展覽

Y ¿qué deporte hace Vd., señor Méndez?

¡Uf! Yo no hago deporte ahora. Soy demasiado viejo. Pero me gusta el fútbol. Cuando hay un partido en la televisión siempre lo veo; sobre todo cuando juega el Atlético de Madrid. Y cuando ponen la Copa de Europa o la Copa Mundial me lo paso muy bien. Mi señora y yo vamos al teatro de vez en cuando. Nos gustan las zarzuelas que ponen en el Teatro de la Villa. Pero salimos poco, salvo al café.

el partido 比賽	**de vez en cuando** 偶爾地，有 時候
sobre todo 最重要，首先	
poner 演出，穿上（衣服等）	**la zarzuela** 西班牙小歌劇
me lo paso muy bien 我非常 喜歡它	**salvo** 除了……

✓ Actividad

1 請將下列問句的答案補充完整。

Isabel y el señor Méndez no hacen deporte. ¿Por qué no?
a A Isabel ....   El señor Méndez ....
¿Qué cosas les gustan?
b A Isabel ....   Al señor Méndez ....
¿Cómo sabemos que les gusta la música o el fútbol?
c Isabel ....   El señor Méndez ....
¿Con quiénes van al teatro de vez en cuando?
d Isabel ....   El señor Méndez ....
¿A dónde salen, si no el al teatro?
e Isabel ....   Los señores Méndez ....

Documento número 13

請看一下這則廣告，**Comparte tus fotos**意思是"欣賞你的照片"。
(注意，**la foto**是**la fotografía**的縮寫。)

現在回答下列問題：
a ¿Qué te ofrece este anuncio?
b ¿Te gusta la foto aquí? （說，是的。）
c ¿Haces tú muchas fotos? （說，不。）

◌ **Para estudiar**

重要的動詞

這裏有一些重要的動詞，前文已經陸續出現過，在單元6中也總結過，但是你現在看到的將包括某些不規則形式。認真學習這些動詞的變格，於你以後的學習非常有益。

	dar 給	**ir** 去	**ver** 看
我	doy	voy	veo
你 (**tú**)	das	vas	ves
他／她／你 (**Vd.**)	da	va	ve
我們	damos	vamos	vemos
你們 (**vosotros**)	dais	vais	veis
他們／你們 (**Vds.**)	dan	van	ven

	tener 有	**hacer** 做，製作	**poner** 放
我	tengo	hago	pongo
你 (**tú**)	tienes	haces	pones
他／她／你 (**Vd.**)	tiene	hace	pone
我們	tenemos	hacemos	ponemos
你們 (**vosotros**)	tenéis	hacéis	ponéis
他們／你們 (**Vds.**)	tienen	hacen	ponen

	decir 説	**seguir** 跟隨	**salir** 離開，出去
我	digo	sigo	salgo
你 (**tú**)	dices	sigues	sales
他／她／你 (**Vd.**)	dice	sigue	sale
我們	decimos	seguimos	salimos
你們 (**vosotros**)	decís	seguís	salís
他們／你們 (**Vds.**)	dicen	siguen	salen

☑ Actividad

2 從右面選擇正確的單詞或者短語，將左面的句子補充完整。

a	A Paco le gusta jugar ...	**i**	toca
b	Se va al gimnasio para ...	**ii**	squash
c	Generalmente, se juega al tenis en ...	**iii**	no le gusta
d	Paco nada con sus amigos en ...	**iv**	museos
e	En invierno, Paco juega al ...	**v**	verano
f	Paco va siempre ... para las vacaciones.	**vi**	a veces
		vii	ahora
g	A Isabel ... el deporte.	**viii**	estar en forma
h	Isabel ... el piano y ...	**ix**	partido
i	Isabel sale ... con sus amigos.	**x**	al teatro
j	Isabel va a ... y ... cuando hay ... especial.	**xi**	galerías
		xii	al tenis
k	El señor Méndez no hace deporte ...	**xiii**	a Alicante
l	Cuando hay un ... de ... en la televisión, el señor Méndez ... lo ve.	**xiv**	ponen
		xv	la guitarra
		xvi	gustan
m	Los señores Méndez van ... a veces.	**xvii**	fútbol
n	En el Teatro de la Villa ... las zarzuelas. Les ... a los señores Méndez las zarzuelas.	**xviii**	la piscina
		xix	siempre
		xx	una exposición

📖 Lectura

Aquí tenemos entradas para dos centros patrocinados por el Ayuntamiento de Madrid.

El Museo Municipal de Madrid es muy interesante: queda ilustrada toda la historia de la capital de España. Madrid tiene muchos museos y galerías. El más importante es sin duda el Museo del Prado, galería de arte de fama mundial.

El Teatro Español está especializado en la representación del teatro clásico de la literatura española. La entrada que tenemos aquí es para la función de la tarde, que empieza a las siete; hay otra función de la noche, que empieza a las diez o a las diez y media. Este teatro está subvencionado y las entradas no son muy caras.

patrocinado por 由……贊助	**empezar** 開始
Ayuntamiento 市政大廳	**subvencionado** 資助的
sin duda 毫無疑問	**butaca** 扶手椅，(戲院裏的) 正
mundial 世界的，(形容詞，名	廳的前座
詞是el mundo)	

✓ Actividad

3 看完上面的票以後，回答下列問題：

    a ¿Dónde está el Museo Municipal de Madrid?

    b ¿Es necesario pagar para entrar en el museo?

    c ¿Qué número tiene la entrada?

    d ¿Para qué fecha es la entrada del teatro?

    e ¿Y para qué función?

    f ¿En qué fila está la butaca?

15 VIAJANDO POR ESPAÑA
在西班牙旅行

在本單元，你將學習如何：

■ 詢問和指點方向
■ 談論在西班牙駕車

Diálogos

聽 (或者朗讀) 下面的四段對話。

En página 123 hay un plano (adaptado) de una parte de Madrid.

Diálogo 1

Isabel sale de la farmacia cuando una señora le pregunta:
伊莎貝爾剛剛從藥店裏出來，遇到了一位女士：

Señora Perdone. ¿Puede Vd. decirme dónde está Correos?
Isabel Está allí. Al otro lado de la plaza.
Señora Ya lo veo. Muchas gracias.

Diálogo 2

La señora Méndez sale del café cuando una chica le pregunta:
曼德夫人剛剛從小餐館裏出來，遇到了一個女孩：

Chica Perdone, señora. ¿Hay una estación de Metro cerca de aquí?

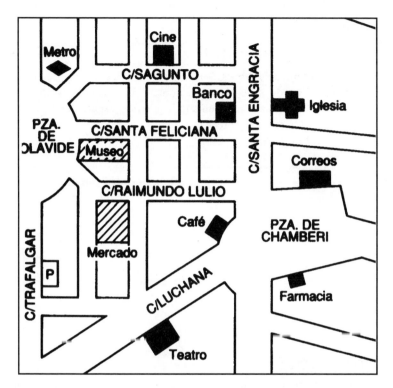

Sra. Méndez   Sí. Toma la primera calle aquí a la izquierda, sigue hasta el final, y el metro está en el mismo lado de la plaza, a la derecha.

Diálogo 3

Paco está en la Plaza de Olavide, cuando un señor le pregunta:

Señor   Oiga. ¿Hay un banco por aquí?

Paco   Sí. Tome esta calle – Santa Feliciana. Después de cruzar dos calles en la esquina de la tercera hay un banco, frente a la iglesia.

Diálogo 4

En el café, un chico pregunta al señor Méndez:

Chico	Perdone señor. ¿Cómo se va al cine Sagunto?
Sr. Méndez	Cuando sales de aquí, dobla a la izquierda, y toma la tercera calle también a la izquierda, después del banco. El cine está a la derecha.
Chico	Muchas gracias, señor.

¿puede Vd. decirme ...? 請問，你能告訴我……嗎？	**a la derecha/izquierda** 在右／左面
Correos 郵局	**tomar** 拿
ya lo veo 噢，是的，我看見了。	**cruzar** 十字路口
en el mismo lado 在同一面，在同一邊	**la esquina** 拐角，角落
	el tercero 第三個
al otro lado 在另一面，在另一邊	**frente a** 相反的
	la iglesia 教堂
	doblar 轉彎

Para estudiar

告訴某人做某事

當曼德先生對年輕人講話時，使用代詞**tú**，問路使用動詞**toma**。但帕克正在與一個不認識的老人講話，他用了代詞**Vd.**，動詞用**tome**：

toma (tú)　　　　　　　　　**tome (Vd.)**

你在下達命令或在稱呼對方**tú**時，無論動詞是什麼形式，都要以**-a**或者**-e**結尾。例如：

toma	拿，取
sigue	跟隨，繼續
dobla	轉彎
pregunta	問，詢問
bebe	喝
vuelve	回來

但是如果你稱呼對方用代詞 **Vd.**，詞尾加 **-a** 或者 **-e** 的情形則剛好相反。例如：

tome Vd.

siga Vd.

doble Vd.

pregunte Vd.

beba Vd.

vuelva Vd.

如果你覺得這些規則還算清晰，那麼這裏還有幾個不規則的例子，在下達命令時要用到。當你遇到它們時自然就學會了。下面是最常用到的單詞：

di	告訴	**dime (tú)**	告訴我
diga (Vd.)	告訴	**dígame (Vd.)**	告訴我
sal (tú)	離開	**salga (Vd.)**	離開
¡Sal de aquí immediatamente!		快離開這兒！	

或者如果情況危急，就這樣表達：

¡ Fuera de aquí!　　　　　　立刻離開這兒！

用西班牙語表示祈使語氣時，動詞的形式相當複雜。在你深入學習之後再學習它會比直接按照規則使用和死記硬背那些特例稍微容易一些。當然你也完全可以避免這些問題，因為若你在西班牙，會委婉地詢問別人而絕對不會命令別人做什麼事情的！

✓ Actividades

1 根據123頁的地圖回答下列問題。

a ¿Hay un parking (un aparcamiento) cerca del museo?

b ¿Dónde está?

c ¿Qué hay frente a la iglesia?

d ¿En qué calle está el mercado?

e ¿Se puede ver la farmacia desde Correos?

   f ¿El teatro y el café están en el mismo lado de la calle?

   g ¿Cómo se va desde la plaza de Chamberí a la plaza de Olavide?

   h La estación de metro ¿está más cerca del teatro o del cine?

   i El banco de la calle Santa Engracia ¿en qué esquina está?

2 根據123頁的地形圖，看看你是否能給不同的人指引方向。

   a 你正站在教堂的外面的calle Santa Engracia，這時一個小女孩向你詢問如何去郵局，你該怎麼回答她？

   b 你正離開電影院時，一位老先生向你詢問博物館在哪裏，你該怎麼回答他？

   c 當你從地鐵站出來時，一位女士問你附近是否有藥店，請給她指出Plaza de Chamberí有一家，並告訴她應該怎麼去。

   d 當你坐在Plaza de Chamberí一家咖啡店外面時，一個少年向你走來，問你去電影院該怎麼走，請告訴他。

📖 Lectura

Aquí hay un mapa de las carreteras principales de España.

請參照127頁的地圖，聽或者讀有關在西班牙駕駛的信息。如有必要，請參考一下詞彙表，看你能理解多少內容。如果你有CD，就整段整段地聽，必要時請跟着一起唸，不要只是使用暫停鍵。

Un modo muy conveniente de viajar por España para conocer sus viejas ciudades y su paisaje es ir en coche. Pero hay que tener en cuenta que España es un país de lejanos horizontes: las distancias pueden ser grandes. Además, en verano puede hacer un calor intenso y muchas horas en coche pueden resultar insoportables. Sin embargo, si se planea un itinerario práctico y se escoge una época del año apropiada es agradable viajar por las buenas carreteras que ofrece España al turista.

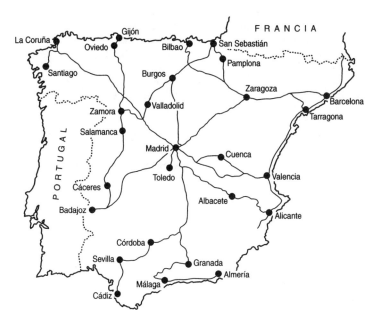

Como vemos en el pequeño mapa, muchas carreteras principales radian de Madrid. La que va al norte es la Nacional I, que llega a San Sebastían y la frontera francesa, pasando por Burgos. La carretera de Cataluña, la Nacional II, va desde Madrid a Barcelona. Es la Nacional III la que va a Valencia, y la IV es la carretera de Andalucía. La carretera de Portugal, la Nacional V, cruza la frontera cerca de Badajoz; la carretera de Galicia termina en La Coruña y es la Nacional VI.

España tiene también muchos kilómetros de autopistas, que son casi todas de peaje. Las más importantes son tal vez la autopista que va por la costa desde Francia hasta más allá de Alicante, y la que conecta Bilbao y Barcelona, grandes centros industriales.

Como siempre, hay que conducir con precaución, y no ir demasiado rápido. En España hay un elevado porcentaje de accidentes. Sobre todo hay que evitar las fechas en julio y agosto cuando millones de españoles se desplazan para sus vacaciones.

el paisaje 地形，前景	**el norte** 北方，北邊
tener en cuenta 記住	**la frontera** 國境，邊疆，邊境
un país 國家	**desde ... haste** 從……到……，
lejano 遠的	直到……
además 此外	**terminar** 結束，終結
el calor 熱，熱度，熱烈	**la autopista** 汽車高速公路
resultar 證明是……，原來是……	**de peaje** 付通行費
insoportable 不可忍受的	**tal vez** 也許
sin embargo 然而，仍然，不過	**más allá** (到)……較遠的一
si se planea 如果你制定計劃	邊，超過
escoger 選擇	**conducir** 駕車，開車，驅使
época 時間，時期	**un elevado porcentaje** 高比
agradable 高興的，同意的	例，高百分比
la carretera 路，道路，公路	**desplazarse** 從一個地方移到另
radiar 放射，輻射	一個地方

✓ Actividades

3 參考127頁的那段話和地圖，回答下列問題。

a Para ir desde Madrid a Cádiz, ¿qué carretera hay que tomar? ¿Se pasa por Granada?

b ¿Dónde se cruza la frontera, si se va desde Madrid a Portugal?

c ¿Hay mucha distancia entre Gijón y Oviedo?

d ¿Madrid está cerca de Toledo?

e ¿Cuál está más cerca de Madrid, Valencia o Barcelona?

f Para ir desde Francia a Alicante, ¿qué carretera se toma?

g ¿Qué ciudades hay entre Badajoz y Gijón?

h ¿Cuál es más grande, España o Portugal?

i ¿Santiago está en Galicia o en Cataluña?

4 假如你剛剛從西班牙駕車渡假回來，你的阿根廷朋友Pedro問你此行的一些情況。請根據提示回答問題，完成這段對話。

Pedro　　Dime, ¿hay buenas carreteras en España?

a 你　　是的，馬路非常好，但是距離太遠了。

Pedro　　¿Viajar en coche es un modo bueno de ver el paisaje?

b 你　　是的，你喜歡視野開闊的地方。

Pedro ¿Hace mucho calor en mayo en España?

c 你 五月份天氣有點熱,但是七八九三個月非常炎熱,整天坐在車裏面簡直無法忍受。

Pedro ¿Hay autopistas en España?

d 你 是的,但是它們都是收費的,你寧願走小路。不過你會喜歡走畢爾巴鄂和巴塞羅那兩座城市之間的汽車高速公路。

Pedro ¿Hay demasiados coches en las carreteras?

e 你 在五月份不會,但是你仍然要小心地駕駛,不要開得太快。在七八月份,路上的車太多了,因為成千上萬的西班牙人都會全家出去渡假。

16 | NO ME SIENTO BIEN
我感覺不舒服

在本單元，你將學習：

■表達身上一些小毛病的詞彙

☑ Para estudiar

表達傷在哪裏和你感覺不舒服

如果你不幸在講西班牙語的國家生病了，你就需要知道如何表達你的這些傷病。這裏是最基本的表達方式，用 **me duele/me duelen** (字面意思：它／它們讓我痛) 再加上受傷部位的名稱，就類似於我們在單元9中學過的 **me gusta/me gustan**，或者 **me apetece**。例如你可以說：

Me duele **la cabeza**.   Me duele **una muela**.

來表示你頭疼或者牙疼。這裏還有一些身體其他部位的名稱：

Me duele el cuello.	脖子
Me duele el estómago.	胃
Me duele la espalda.	後背
Me duele el brazo.	胳膊
Me duele la mano.	手
Me duele la pierna.	腿
Me duele el pie.	腳

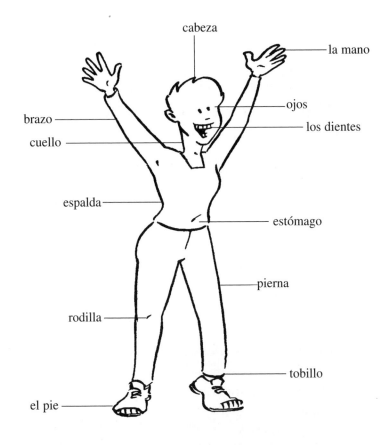

cabeza

la mano

brazo

cuello

ojos

los dientes

espalda

estómago

pierna

rodilla

tobillo

el pie

注意，即使單詞是以**-o**結尾，我們也要說成**la mano**。

如果你的疼痛是由打傷或者撞傷引起的，要說：

Me he dado un golpe
  en la cabeza.

我撞了我的頭。

或者

Me he dado un golpe en el pie.

我撞傷了我的腳。

如果句中涉及到第三者，就要説：

Se ha dado un golpe en la 　　他／她撞了他的／她的頭／腳。
cabeza/el pie.

注意只説部位名稱如頭、腳，而不説我的／他的頭或者腳等。

如果你不幸被咬傷或者刺痛了，你可以説：

Tengo una picadura en la 　　我的手被刺痛了。
mano.

如果是一個孩子割破或者擦傷了膝蓋，你要説：

Tiene un corte en la rodilla. 　　他／她割破了他／她的膝蓋。

或者

Se ha rasguñado la rodilla. 　　他／她擦傷了他／她的膝蓋。

在西班牙渡假時，如果其他地方出了毛病，可以説：

Tengo algo en el ojo. 　　我的眼睛出了一點問題。

Tengo el ojo irritado.

Tengo el ojo inflamado.

(像**irritado, inflamado**這樣的單詞你很容易就能猜出意思來。)

Tengo el tobillo hinchado（腳踝腫脹）。

Tengo la piel（皮膚）irritada。

Tengo una quemadura（燒傷）。

Tengo una quemadura del sol（曬傷）。

(更加嚴重的"日射病，中暑"是**una isolación**。)

Tengo diarrea.

Tengo colitis.

最後兩句話的意思顯而易見。如果你吃水果時清洗乾淨或者削皮，做沙拉時徹底地沖洗蔬菜，只喝健康飲用水（除非你能確保冰的清潔，否則不要在水裏放冰塊），就完全可以避免上述兩種情況。

Tengo fiebre. 　　我發燒了。

Se toma la temperatura con 　　你用體溫計量一下體溫。
un termómetro.

La temperatura normal es de 　　正常的體溫是37℃。
treinta y siete grados (37º).

El niño tiene unas décimas.　　　那個男孩稍微有點發燒。(**unas décimas**字面意思：幾十度)

在單元4中我們學過**estoy constipado**，你也可以説：Tengo un catarro.

現在我們來學習一些治療方法。對於那些小毛病，去藥房買些藥就足夠了。如果你能解釋清楚你出了什麼問題，他們就會給你對症下藥。我們希望你不需要：

　　un médico（醫生）
　　un dentista
　　las horas de consulta（門診時間）
　　una clínica
　　un hospital

☑ **Actividad**

1 你的朋友Ignacio是一名疑病症患者。你犯了一個錯誤，不該問他怎麼樣。請根據提示完成下列對話 (文中使用tú)。

a 你　　　打招呼，問他怎樣。

Ignacio　　No estoy muy bien. No sé lo que me pasa. Me duele todo.

b 你　　　問他是否患了感冒。

Ignacio　　No. Pero no me siento bien.

c 你　　　問他是否發高燒。

Ignacio　　No sé. Voy a ponerme el termómetro. ¿Qué dice?

d 你　　　告訴他體溫是37℃，一點也不燒。

Ignacio　　Estoy seguro que tengo una insolación.

e 你　　　問他是否頭疼。

Ignacio　　Sí. Me duele mucho.

f 你　　　問他是否胃疼。

Ignacio　　Sí. Me duele un poco.

g 你　　　告訴他感覺不舒服是因為他喝酒喝得太多了。

Document número 14

```
HOROSCOPO
```

Cancer *(Entre el 22–6 y el 23–7)*

Amor	★ ★ ★
Salud	★ ★ ★
Trabajo	★ ★
Dinero	★

Leo *(Entre el 24–7 y el 23–8)*

Amor	★
Salud	★ ★
Trabajo	★ ★
Dinero	★

Virgo *(Entre el 24–8 y el 23–9)*

Amor	★ ★
Salud	★ ★
Trabajo	★ ★ ★
Dinero	★ ★ ★

Aquí hay un horóscopo para tres meses del verano. ¿Cuál es el signo más afortunado, Cancer, Leo o Virgo?

📖 Lectura

La farmacia

El señor o la señora que trabaja en la farmacia es el *farmacéutico* o *la farmacéutica*. La farmacia se indica con una cruz verde. En general, se puede comprar medicamentos en la farmacia sin receta médica. Un medicamento puede ser un antibiótico, un antiséptico, o un analgésico, y puede tener la forma de unas píldoras o unos comprimidos, una pomada, una loción, una medicina, o unas gotas.

Penicilina es un antibiótico. Alcohol es un antiséptico. Aspirina y codeína son analgésicos. Para una alergia se puede tomar unas píldoras antihistaminas, o poner una inyección. También en la farmacia se puede comprar una venda, unas tiritas, una tobillera, o algodón en rama, preservativos, y muchas otras cosas.

una cruz verde 一個綠色的十字架	**una alergia** 敏感症
	una venda 繃帶
comprar 買	**tiritas** 橡皮膏
sin receta médica 沒有藥方	**una tobillera** 腳踝支撐器
píldoras, comprimidos 藥片	**algodón en rama** 棉紗
una pomada 乳劑	**preservativos** 避孕品，避孕用具
gotas 滴劑，藥水	

✔ Actividad

2 現在你已經學會了如何表達小毛病，可以去藥房尋求幫助了。請將下列的句子轉換成西班牙語。

a 問是否有治療曬傷的洗液。

b 說你割傷了你的腳，想要一些消毒劑和繃帶。

c 說你胃疼。

d 說你牙疼，想要止疼藥。

e 說你的兒子感覺不舒服，他在發燒。

f 想要消炎藥水。

g 說你的腳踝腫脹，你想要彈性支撐器。

h 說你想要看醫生，問他的門診時間。

📖 Lectura

在本單元的最後，讓我們共同看一下下面的例子 (對初學者來說有一定的難度) 。假設你家裏有人嗓子發炎了，藥房給你推薦了治療嗓子的噴劑，可以治療各種口腔和咽喉疾病。包裝盒裏有説明書，你能看懂多少內容呢？

Anginovag®

Composición

Por 100ml.:

Dequalinium cloruro (D.C.I.)	0,100 g.
Enoxolona (D.C.I.)	0,060 g.
Acetato de hidrocortisona (D.C.I.)	0,060 g.
Tirotricina (D.C.I.)	0,400 g.
Lidocaína clorhidrato (D.C.I.)	0,100 g.
Sacarina sódica	0,320 g.
Excipiente aromatizado c.s.p.	70,000 ml.
Propelente (Diclorodifluormetano)	c.s.

Indicaciones

Tratamiento preventivo-curativo de las afecciones bucofaringeas:
Amigdalitis. Faringitis. Laringitis. Estomatitis. Ulceras y Aftas bucales. Glositis.

Dosificación

Dosis de ataque: 1–2 aplicaciones cada 2–3 horas.
Dosis de sostén o como preventivo: 1 aplicación cada 6 horas.

Normas para la correcta aplicación del preparado

Abrir bien la boca. Dirigir la boquilla inhaladora hacia la región afectada (garganta, boca, lengua, etc … según casos).

Presionar la parte superior de la cápsula de arriba a abajo hasta el tope, manteniendo el frasco en posición vertical.

El frasco se halla provisto de una válvula dosificadora: cada presión hasta el tope origina la salida regulada de medicamento.

Contraindicaciones, efectos secundarios e incompatibilidades

No se conocen.

Intoxicación y posible tratamiento

Dada la escasa toxicidad del preparado, no se prevé la intoxicación, ni aún accidental.

Presentación

Envases conteniendo 20 ml.

Los medicamentos deben mantenerse fuera del alcance de los niños.

P-4100/2-8812

LABORATORIOS NOVAG. S.A.
Director Técnico: X. Vila Coca
Buscallá s/n – San Cugat del Vallés
Barcelona – España

🔊 Comentario

這張說明書不好理解，但是大部分重要內容都能看懂，第一部分主要說明成分和劑量。第二部分，**Indicaciones**表示適合的症狀，扁桃體炎、咽炎、喉炎和口腔潰瘍。用法是每兩三個小時噴一兩次藥，或者每六小時用一次作為預防。(**Cada**是一個常用的詞，表示"每個，每一"。) 再往下是表明過量使用不會造成任何不良影響。中間那部分是最難看懂的，它告訴你如何使用該噴劑。**Una válvula dosificadora**是一個小管，按動按鈕噴藥時它能夠調節用量。最後一行是警告，藥品應遠離兒童。

✓ Actividad

3 根據136-137頁的藥品說明書回答下列問題。

 a ¿Cómo se llama el medicamento?

 b El medicamento ¿es un spray o es una medicina?

 c ¿Cuántos mililitros tiene el envase?

 d ¿Para qué clase de infección es el tratamiento?

 e ¿Cuál es la dosis preventiva?

 f ¿Y la dosis curativa?

 g ¿Hay efectos secundarios?

 h ¿Dónde se fabrica el medicamento?

如果你覺得這些問題很難回答，請參考答案**Clave**，然後再學習一遍
藥品說明書，看看西班牙語是怎樣表達的。

17 | VAMOS DE COMPRAS
我們一起去購物

在本單元，你將學習如何：

■ 在市場購物
■ 在百貨公司購物

Preámbulo

超級市場和高級百貨商店的出現使人們無須說話就能購物。但是直接和店主打交道，還是很有趣的。大多數人仍然每天在那種有頂棚的市場裏面的小攤位上買東西。這也是本單元我們要學習的內容。

Lectura

La señora Méndez va de compras con su marido. En la frutería–verdulería compra:

2 kg. de naranjas	橘子
¹/₂ kg. de limones	檸檬
1 kg. de peras	梨
¹/₂ kg. de fresas	草莓
1 kg. de patatas	馬鈴薯
¹/₂ kg. de acelgas	瑞士甜菜
una lechuga	生菜
¹/₂ kg. de tomates	番茄
dos ajos	兩頭大蒜

En la pescadería hay:

salmón	
truchas	鮭魚
pescadilla	白雪魚
bonito	金槍魚（吞拿魚）
gambas	明蝦
sardinas	

pero por fin compra dos rajas de merluza（兩片鱈魚）.

En la carnicería compra:

dos filetes de ternera	兩塊小牛排
$^1/_2$ kg. de carne picada	$^1/_2$千克肉碎

Ahora el pobre señor Méndez tiene cuatro bolsas y no puede llevar más. Pero está obligado a esperar mientras su mujer va a la droguería-perfumería a comprar detergente, lejía, jabón y colonia. Después se van despacio a casa, pasando por la panadería, donde la señora compra pan y también leche.

◑ Comentario

看看曼德太太買的這些東西就知道他們去哪類商店了。到最後曼德先生滿載四袋子物品再也拿不動其他東西了，但是他還得等他的妻子去買清潔劑、漂白劑和科隆香水。然後他們慢慢地走回家，給麵包店打電話買麵包和牛奶。

注意**droguería**賣清潔類日用品；**droguería-perfumería**也賣化妝品。曼德太太不能在這些地方買火腿 **(el jamón)** 或者是熟肉，她將在**una charcutería**買到這些食品。賣奶酪 **(el queso)** 的地方在**una quesería**，買雞蛋 **(los huevos)** 要到**una huevería**。食品店被稱為**una tienda de comestibles**或者**una tienda de ultramarinos** (舊式叫法)。

☑ Actividad

1 我們再回顧一下曼德夫人購物的那段內容，下面是**frutero**合計她的帳單時說的話。請大聲朗讀，把數字用西班牙語表達出來，看看他的潦草的加法。

NARANJAS	150
LIMONES	45
PERAS	100
FRESAS	120
PATATAS	80
ACELGAS	65
LECHUGA	95
TOMATES	60
AJOS	40
	755

'¿Nada más, senora? Pues son dos kiles de naranjas, a 75 el kilo, 150 pesetas; cuarto de limones, 45 pesetas; un kilo de peras, 100 pesetas; medio de fresas, 120; patatas 80, medio de acelgas, 65 pesetas; la lechuga, 95; y los tomates 60; ajos 40. Vamos a ver – 5, 10, 15. Llevamos 1; 4 y 1, 5; y 6, 11; y 9, 20; y 6, 26; y 8, 34; y 2, 36; y 4, 40; y 5, 45. Llevamos 4. 5, 6 y 7. 755 pesetas en total, señora.'

注意，**llevamos 1, llevamos 4**意思是"進位1，進位4"。

La Sra. Méndez le da 800 ptas. El frutero dice '¿Tiene Vd. un duro? Gracias. Así que le doy diez duros de cambio.'

⬙ Comentario

Diez duros de cambio　五十塊西班牙銀幣的找頭

Un　duro是五塊西班牙銀幣，這是一種常見的表達方式。蔬菜水果商問曼德夫人是否有五塊西班牙銀幣的零錢，這樣他就可以找給她五十塊西班牙銀幣。一百塊西班牙銀幣用**veinte　duros**表示，十塊西班牙銀幣用**dos duros**表示。

注意，請看附錄中關於歐元的介紹。

Documento número 15

請看下面這些消費卡：

a Una pastelería銷售蛋糕和餅乾，**Repostería**是糖果，**Artesana** (名詞是**artesanía**) 意思是手工製作或者家庭製作，廣泛用於形容手工製品。

b Una cesta是一種籃子，理查德製作和銷售由藤條、柳條和竹子等做成的商品。

c Alfonso和Maríia Luisa製作陶器 (**alfarería**)，他們是當地唯一流傳下來的製陶人。

🔑 Para estudiar

這裏是一排商店名稱、店主姓名以及所賣的商品。

En la pescadería	el pescadero	vende pescado.
En la carnicería	el carnicero	vende carne (la carne).
En la panadería	el panadero	vende pan (el pan).
En la pastelería	el pastelero	vende pasteles (los pasteles, *cakes*).
En la lechería	el lechero	vende leche (la leche).
En la librería	el librero	vende libros.
En la farmacia	el farmacéutico	vende medicamentos.
En la frutería-verdulería	el frutero	vende fruta y verduras.
En la droguería	se vende	artículos de limpieza.
En un quiosco	se vende	periódicos y revistas.

¡En un supermercado se vende de todo!

Una librería 不是圖書館，是書店。圖書館是 **una biblioteca**。

📖 Lectura

"大型百貨商場" 是**grandes almacenes**。

En un gran almacén hay muchos departmentos y se vende muchísimas cosas – muebles, cristalería, ropa, etc, etc. En España el más famoso es tal vez 'El Corte Inglés' que tiene sucursales en Madrid y en otras ciudades de España. Cuando se compra algo en un gran almacén se puede pagar con dinero o con tarjeta de crédito (Visa, 4B, etc.). El dependiente pregunta '¿En efectivo?' para saber cómo se va a pagar. Cuando se paga con tarjeta de crédito hay que tener otro documento (por ejemplo un pasaporte) para comprobar su identidad. Es muy conveniente pagar con tarjeta porque así se evita el riesgo de llevar mucho dinero en la cartera. Por lo general se recibe la cuenta de la tarjeta de crédito al mes siguiente en su domicilio. Claro, no se puede pagar con tarjeta en la frutería o la carnicería, etc.

los muebles	家具	**la identidad**	身份
la cristalería	玻璃製品	**evitar**	避免
la ropa	衣服	**el riesgo**	風險
el sucursal	品牌，商標	**el dinero**	錢，貨幣
en efectivo	用現金	**la cartera**	錢包
comprobar	證明	**recibir**	收到
la cuenta	帳單，鈔票	**siguiente**	下面的，接下來的
claro	明顯地，顯然地		

✔ **Actividades**

2 根據下列的物品練習購物。

   a 兩公斤橘子

   b 200克火腿

   c 一升牛奶

   d 150克奶酪

   e 兩頭大蒜

   f 一公斤馬鈴薯

   g 250克 (**un cuarto**, ¼千克) 明蝦

   h 三片鮭魚排 (**una raja**, 魚排)

3 假設你現在在一家百貨大樓裏。

   a 詢問香水櫃台在哪裏。

   b 詢問是否有藥房。

   c 詢問哪裏有小餐館。

   d 說你想用Visa卡付款。

   e 說你用現金付款。

   f 詢問體育用品在幾樓。

   g 詢問盥洗室在哪裏。

   h 說書店在一樓。

18 | COMIENDO Y BEBIENDO
飲食

在本單元，你將學習：

■ 如何在酒吧、小餐館和飯館點餐
■ 關於西班牙人的飲食

🔊 Diálogo

🔊 Pizzas – servicio a domicilio　外賣的比薩餅

Isabel pasa la tarde en casa de Paco. Van a ir al teatro.

Paco Tengo hambre. ¿Quieres comer algo antes de ir al teatro?

Isabel Pues yo también tengo hambre. ¿Qué tienes en casa para comer?

Paco Poca cosa, creo. ¿Llamamos para una pizza? Aquí tengo la lista. ¿Qué pizza quieres?

Isabel A mí me gustan las pizzas de queso. ¿Pedimos una de cuatro quesos, que está aquí en la lista? ¿Te apetece?

Paco Vale. Voy a llamar al centro más cercano.

más cercano　最近的	**gambas**　明蝦
¿pedimos?　我們點些……好嗎？	**jamón**　火腿
servicio a domicilio　上門送餐	**champiñón**　蘑菇
的服務	**pimiento morrón**　紅辣椒（紅辣
anchoas　鳳尾魚	椒，通常用鹽水浸泡）
manchego (queso manchego)	**aceitunas**　橄欖
産自Mancha地區的優質西班牙	**cebolla**　洋葱
奶酪	

PIZZAS	Pizza Completa
• PIZZA DE AHUMADOS: (tomate, Morrarella, salmon, anchoas) • PIZZA DE CARNE: (tomate, Mozzarella, carne) • PIZZA CUATRO QUESOS: (tomate, Mozzarella, manchago, parmesano, roquefort) • SUPER RING RING: (tomate, Mozzarella, gambas, jamón serrano, champiñón, pimiento morrón)	1.325

SU PROPIA PIZZA	Pizza Base
• PIZZA DE QUESO Y TOMATE:	1.100
Sobre la basa de nuestra pizza de queso y tomate usted puede añadir cualquiera de los siguientes ingredientes:	Cada Ingrediente
• DOBLE QUESO • ANCHOAS • JAMON YORK • ACEITUNAS • SALAMI • CEBOLLA • CHORIZO • CHAMPIÑON • PIMIENTO MORRON • BACON	125

BEBIDAS	Unidad
• COCA COLA • FANTA LIMON • DOBLE QUESO • ANCHOAS	125

Llame al Centro más cercano.

Guzmán el Bueno
(Esq. Joaquín María López
• 544 6080
• 544 79 72
MAJADAHONDA
Doctor Calero, 32 - Bis
• 638 63 13
• 638 64 00
Serrano, 41
• 577 29 79
• 577 38 31
• 577 38 32

Zonas de reparto limitadas.

Alberto Alcocer
• 259 94 00
• 259 99 09

Torre Picasso

Centro Comercial
Arturo Soria Plaza

Proximamente:
Av. Bruselas, 72

Centro Comercial
Parque Sur

☑ Actividad

1 a 説你很餓。

b 問有什麼可以吃的。

c 問別人是否餓了。

d 説你很喜歡比薩餅。

e 問別人是否喜歡比薩餅。

f 問他／她是喜歡鳳尾魚比薩餅還是喜歡火腿比薩餅。

g 説你將打電話叫比薩餅。

h 問你的朋友想要啤酒還是可樂。

i 説你將買兩瓶啤酒。

j 説你要去喝咖啡。

◑ Diálogo

Los señores Méndez van al café
曼德夫婦去餐館

Los Méndez entran en una cafetería. Van a merendar.

Camarero	Buenas tardes, señores. ¿Qué van a tomar?
Sr. Méndez	Para mí un café con leche.
Camarero	¿Y para Vd., señora?
Sra. Méndez	Para mí un té con limón. ¿Qué tiene de pastelería?
Camarero	Hay tarta de manzana, pastel de chocolate, tostada …
Sra. Méndez	Una ración de pastel, por favor.
Sr. Méndez	Voy a tomar una tostada.
Camarero	¿La quiere con miel, o con mermelada?
Sr. Méndez	Sólo con mantequilla.
Camarero	Muy bien, señores, en seguida.

🔑

merendar	喝下午茶	**mantequilla**	黃油
miel	蜜，蜂蜜	**manzana**	蘋果
mermelada	果醬（不僅僅是橙子醬）	**tostada**	吐司

✓ Actividades

2 根據前文兩段對話的內容，從右邊的選項中選擇合適的一項，將左邊的句子補充完整。

a	A Isabel le gustan muchísimo	**i**	las gambas.
		ii	las anchoas.
		iii	los quesos.
b	Paco tiene hambre pero	**i**	no le gusta comer en casa
		ii	tiene poco para comer en casa.
		iii	prefiere beber.
c	Después de comer su pizza, Paco e Isabel	**i**	llaman por teléfono.
		ii	van al teatro.
		iii	van a la pizzería.
d	Hoy los señores Méndez van a la cafetería para	**i**	tomar un chocolate.
		ii	merendar.
		iii	hablar con el camarero.
e	La señora Méndez pregunta al camarero	**i**	qué hay de pastelería.
		ii	si tiene un té con limón.
		iii	qué quiere su marido.
f	El señor Méndez toma	**i**	una ración de pastel.
		ii	una tostada con queso.
		iii	una tostada con mantequilla.

3 問一個朋友 (用**tú**) 是否想要：

a 一杯咖啡

b 加入檸檬的茶

c 巧克力餡餅

d 蜂蜜吐司

e 一瓶冰啤酒

現在再將這些疑問句用**Vd.**表達一遍。

📖 Lectura

Donde comer y beber 去哪裏吃飯

En España, hay muchos restaurantes y muchísimos bares en todas partes. Y también hay la combinación de las dos cosas – el bar-restaurante. En un bar-restaurante se puede desayunar, comer, cenar, tomar el aperitivo, tomar un café, o merendar. Los españoles en general no desayunan mucho – toman un café con leche y pan. Por eso a mediodía muchos de ellos tienen hambre y van a un bar a tomar una cerveza y tapas. *Tapas* son pequeñas porciones de comida y hay una gran variedad: mariscos, pescado, carne, tortilla, queso, chorizo y salchichón, etcétera, etcétera. Comer en pequeñas porciones se llama *picar*.

🔑 Comentario

上面這段話是説在西班牙到處都有很多的飯館和酒吧。酒吧式飯館則兩者兼而有之，既可以吃一日三餐，喝下午茶，也可以喝開胃酒和咖啡。一般來説，西班牙人的早餐不過是喝點加了牛奶的咖啡，吃些麵包而已，所以他們到了中午就會很餓，去酒吧喝啤酒，吃**tapas**。有各種口味的**tapas**——海鮮味的、魚肉的、肉的、煎蛋的、奶酪的以及西班牙式香腸的。單詞**picar**用來表示一邊吃快餐，一邊喝飲料。

動詞**comer**一般的意思是"吃"，但是也有每天的主餐的意思。因此單詞**comida**的意思就是"食物、飯、主餐或者下午餐"。動詞**merenda**是吃快餐，通常指在下午喝咖啡、喝茶、吃蛋糕之類的小點心，有時也指出去野餐等。正餐稱為la merienda。"我們去野餐吧"可以表達為**Vamos a llevar una merienda**。

Documento número 16

這裏有一些關於Calle Sagunto一家小餐館的資料，它裝修成二十世紀初的風格，以大米食物 **(arroces)** 和香檳型葡萄酒 **(cavas)** 為特色。

Sagunto 18
28010 Madrid
Tel. 447 91 15

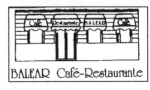

BALEAR Café-Restaurante

Arroces
y
Cava

Tu Sitio Tranquilo Para Tomar
Una Copa o Picar Algo

Además de un un bonito ambiente de Café de principios de siglo, en el Café Balear encontrarás:

- Cavas
- Cervezas
- Licores
- Cafés especiales (prueba el Café Mediterráneo)
- Crêpes
- Tapas calientes
- Sandwichs

Abierto de 9 de la mañana a 1 de la madrugada.

---

a 他們還提供什麼服務？

b 什麼時間開始營業？

Lectura

Platos y vinos de España

La cocina española es muy variada. Todas las regiones de España tienen sus platos típicos, por ejemplo la paella, que es de la región de Valencia. Se ofrece la paella a los turistas en todas partes, pero es un plato valenciano, porque allí se cultiva el arroz. Es evidente que es el clima y la agricultura de la región que determinan como son los platos regionales. En el norte, se come *fabada* en Asturias, *mariscos* en Galicia (que tiene mucha costa y barcos de pescar), y bacalao en Bilbao. Se come cocido en Castilla, y muchos *fritos* en Andalucía, donde se produce muchísimo aceite de oliva. También de Andalucía es la famosa sopa fría *gazpacho*, preparado a base de aceite y tomate. España produce muchos vinos. Las cuatro regiones principales son:

Jerez de la Frontera

El vino de Jerez tiene fama mundial como aperitivo. Se exporta mucho a Inglaterra. También en Jerez se produce el coñac.

Valdepeñas

Al sur de Madrid, Valdepeñas produce vinos tintos que se maduran en enormes *tinajas*.

La Rioja

Los grandes vinos de La Rioja son de los mejores que hay. Tienen un sabor único que se deriva de su maduración en barriles de roble.

Cataluña

En el Penedés de Cataluña se producen buenos vinos blancos.

---

la cocina 廚房，廚房烹調法	**fritos** 油炸菜
el arroz 米飯	**el aceite** 油
la fabada 燉豆，放有血腸和	**se maduran** 它們熟了
咸肥肉	**tinaja** 大的陶製罈子
el bacalao 鱈魚，先曬乾，浸	**un sabor único** 唯一的喜好
泡後烹飪	**barriles de roble** 橡木桶
el cocido 鷹嘴豆燜肉，配綠色	
蔬菜佐餐，作為三道菜——湯、	
蔬菜和肉	

En el restaurante

 Restaurante La Golondrina

Menú del día

Sopa de verduras
Entremeses
Tortilla a la española
Judías verdes
*****

Merluza a la romana
Filete de ternera
Pollo al ajillo
con
Ensalada mixta
Patatas fritas
*****

Flan
Helado de vainilla o chocolate
Fruta
*****

Precio 1000 ptas/ €6
Pan y vino/agua mineral incluido

Comentario

首先你要在蔬菜湯、開胃食品、西班牙煎蛋和綠豆之間選擇一種作為正餐前的開胃食品，然後正餐會提供煎鱈魚、蒜味小牛肉片、沙拉和馬鈴薯片。至於甜點，則還有飴糖奶油蛋羹（不是水果餡餅！）、香草或者巧克力冰淇淋以及水果。麵包和葡萄酒或者礦泉水是免費的。

☑ Actividad

4 完成下列對話。

Camarero	Buenos días. ¿Qué va a tomar? ¿De primer plato?
a 你	説你喜歡綠豆。
Camarero	¿Y segundo plato?
b 你	説你喜歡雞肉，但是不要大蒜。你要鱈魚。
Camarero	¿Y de postre?
c 你	説甜點你要冰淇淋。
Camarero	¿Prefiere helado de vainilla o de chocolate?
d 你	你喜歡巧克力。
Camarero	¿Agua mineral con gas o sin gas?
e 你	説還要。
Camarero	¿Quiere vino blanco o tinto?
f 你	説吃魚，要白葡萄酒。
Camarero	¿Va a tomar café? ¿Café con leche o café solo?
g 你	説如果咖啡不免費，就不要了。

5 如果你還想知道更具體的情況，請問侍者：

a 開胃食品有什麼

b 鱈魚是否新鮮 **(fresca)**

c 雞肉裏面是否放了很多大蒜

d 有哪些水果

e 葡萄酒是否產自La Rioja

f 你是否可以喝啤酒，不喝葡萄酒

19 ASUNTOS PRÁCTICOS
一些日常問題

在本單元，你將學習如何：

- 使用電話
- 在銀行兌換貨幣
- 買郵票和寄信
- 應付緊急情況

📖 Lectura

El cambio

Los turistas que visitan España tienen que ir al banco muchas veces para cambiar dinero. Aunque se puede cambiar dinero en hoteles y otros centros comerciales, en general el cambio no es tan favorable como en los bancos. En el banco hay que buscar la ventanilla donde dice 'Cambio'. Se puede cambiar billetes – libras, dólares, euros – o cheques de viaje. También se puede sacar dinero con una tarjeta de banco. El turista necesita mostrar su pasaporte para comprobar su identidad. Después de comprobar la documentación hay qur ir a la caja donde el cajero entrega el dinero.

El horario de los bancos es de lunes a viernes desde las 0830 hasta las 1400 horas. Los sábados sólo están abiertos desde las 0830 hasta las 1230 horas. Los domingos y días de fiesta están cerrados. En verano tienen un horario modificado y están cerrados los sábados.

🔯 Comentario

去西班牙旅行的遊客常常需要到銀行兌換貨幣,雖然也可以在旅館或者其他商業機構兌換,但匯率沒有銀行優惠。到了銀行你首先要找到寫有"兌換"(Exchange) 字樣的窗口,那裏可以兌換英鎊、美元、歐元或者旅行支票。你要拿出護照來驗明身份,核對無誤後就可以到付款台領取現金了。

將上文與前面的西班牙文對照,注意幾個新單詞的意思。第二段很簡單,介紹了西班牙銀行日常營業的時間。但要注意下列單詞和短語:

hay que	必須
los turistas tienen que	遊客需要,遊客不得不

其他類似該短語的例子如下:

Tengo que	我必須,我得,我不得不
Tengo que ir	我得走了
Paco tiene que comprar ...	帕克需要買……
Tenemos que visitar ...	我們得去看望……

📖 Correos

Para mandar cartas y postales hay que comprar sellos. Los sellos se venden en Correos y también en estancos. Un estanco es una tienda pequeña donde se vende tabaco, cerillas, postales y, claro, sellos para la correspondencia. Las cartas a otros países se mandan por avión. Se puede pedir 'un sello para Inglaterra/para los Estados Unidos/para Australia, etc. por favor'. Se echa la carta en un buzón. El buzón está pintado de amarillo.

mandar	送，寄，發送	**pedir**	請求，要求
la carta	信件	**echar**	郵遞
la postal	名信片	**el buzón**	郵箱
el sello	郵票	**pintado**	描畫的，着色的
el estanco	煙店	**amarillo**	黄色的
las cerillas	火柴		

Necesidades personales

Para ir al W.C. en una ciudad en España generalmente hay que entrar en un café o en un bar. Se pregunta 'Por favor, ¿los servicios?' o en un hotel más elegante. '¿Los aseos, por favor?'. En las puertas dice *Caballeros* o *Señoras*.

servicos	方便	**los aseos**	洗手間，盥洗室 (放衣服的洗手間稱之為 un guardarropas)

✅ Actividad

1　根據前文所學內容，完成下列問題。如果有不認識或者忘記的生詞，請查看Clave。

如果你在西班牙，將會如何：

a 問是否可以在旅店兌換貨幣？

b 說你想兌換一百英鎊？

c 問兌換率是多少？

d 說你更希望去銀行？

e 問銀行什麼時間下班？

f 說你必須在兩點鐘以前到銀行？

g 說你有旅行支票，是美金？

h 問付款台在哪兒？

i 問在哪兒可以買到郵票？

j 說你想要兩張郵寄到美國的航空郵票，五張寄到英國的名信片郵票？

k 說你今天必須郵幾封信？

l 問最近的郵箱在哪兒？

m 問洗手間在哪兒？

盡量不看**Clave**，多次重複這些練習，一直到你駕輕就熟時為止。

Documento número 17

這張佈告表示在Banco Atlántico，儲蓄額在500萬～2400萬西班牙銀幣之間的利率是11.75%。

T.A.E.相當於英國的A.P.R.（年利率）。你猜猜看**Sin comisiones**和**Sin retención fiscal**是什麼意思？

📖 Lectura

Cómo llamar por teléfono

A veces se necesita llamar por teléfono a casa. Se puede hacer llamadas internacionales desde un teléfono público o desde el teléfono de un hotel. También se puede hacer llamadas de 'cobro revertido'. Para una llamada internacional hay que marcar el numero 00. Después se marca el prefijo del país (Inglaterra es 44, los Estados Unidos es 1, Francia es 33), la ciudad (para Inglaterra sin el cero, por ejemplo Londres (centro) es 20 7, no 020 7), Los Angeles es 213, seguido del número del abonado. Si se oye un tono interrumpido rápido significa que está comunicando.

la llamada 打電話		**el prefijo** 代號，地區號	
una llamada de cobro		**el abonado** 用戶	
revertido 受話人付款的電話		**oír/se oye** 聽，某人聽／你聽	
marcar 撥號		**comunicando** 忙碌的，使用中的	

🔑 Para estudiar

Oír 聽

注意短語**si se oye** (如果有人聽)。**Oye**是動詞聽**oír**的一種形式，現在時態的形式如下：

我	oigo
你 (**tú**)	oyes
他／她／它／你 (**Vd.**)	oye
我們	oímos
你們 (**vosotros**)	oís
他們／你們 (**Vds.**)	oyen

你可能已經看出來這個動詞的變化有點像單元14中**decir, seguir**和**salir**的形式。

✳ 接聽電話時所用的動詞 "聽" 用 **oiga** 表示。接電話請對方講話時用 **diga** (請講)！**Oiga** 也用於吸引別人的注意力，但是語氣上更禮貌些。

📖 Urgencias

Si no se sabe qué número marcar, se puede buscar en la guía. Aquí hay unos teléfonos útiles de la guía de Madrid.

Vds. ven aquí los números que hay que marcar si se necesita un taxi, si hay un incendio, o si su coche tiene una avería, etc.

bomberos 消防隊員	**la policía** 警察部門，公安機關
RENFE 西班牙國家鐵路網	**el policía** 警察
incendio 火災(意外的大火，更常用的說法是fuego，篝火una hoguera)	**la guía** 旅行指南，指引者，嚮導
avería 破坏，斷裂	**el guía** 嚮導 (男性)

☑ Actividad

2 按照例句，完成下列句子。

> Si hay un accidente, hay que llamar a la cruz roja.
> Si hay un incendio, ...
> Si hay un robo, ...
> Si se quiere ir al teatro, ...
> Si se quiere tomar un avión ....
> Si hay una avería en el coche, ...
> Si se quiere ir en tren, ...

現在做下一項練習，所給出的句子剛好是上面問題的答案。

不看上面的練習，按照第一個句子完成以下的句子。

> Hay que llamar a la cruz roja si hay un accidente.
> Hay que llamar a los bomberos ....
> Hay que llamar a la policía ....
> Hay que llamar a radio-taxi ....
> Hay que llamar a IBERIA ....
> Hay que llamar a ayuda carretera ....
> Hay que llamar a la RENFE ....

重複這些練習，一直到你不需要前後互相參考就能完成為止。

20 | HABLANDO DEL TIEMPO
談論天氣

在本單元，你將學習如何：

■ 描述天氣
■ 描述羅盤上的方位

📖 Lectura

Aquí hay un pronóstico del tiempo como se ve cada día en el periódico.
（請參閱162頁的氣象圖。）

Hoy llueve en el norte de España, y hace sol en el sur. Hay nubes y claros
en el centro, el oeste y el este, y también en el noreste.

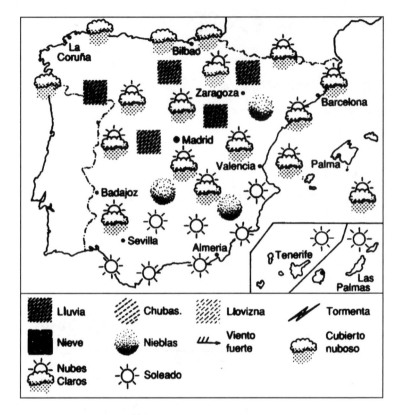

¿Cómo es el tiempo en abril?

現在看看163頁關於四月份的天氣報告，然後閱讀後面的描述。

El l y 2 de abril hay nubes y claros, pero el 3 llueve. Hay tormenta el 4, y dos días más de lluvia. El 7 y 8 caen chubascos, después sale el sol y hace sol cuatro días seguidos. El 14 está nuboso, y los nubes siguen hasta el día 16, cuando hace mucho viento; hay más lluvia el día 17. Después, el tiempo mejora un poco pero hace mal tiempo el 23, 24, 25 y 26 cuando el cielo está cubierto, llueve y hay tormenta. Pero el mes de abril termina con buen tiempo y cuatro días de un sol espléndido.

1	**2**	**3**	**4**	**5**	**6**
7	**8**	**9**	**10**	**11**	**12**
13	**14**	**15**	**16**	**17**	**18**
19	**20**	**21**	**22**	**23**	**24**
25	**26**	**27**	**28**	**29**	**30**

lluvia 雨	**nubes y claros** 晴朗天氣
chubascos 陣雨	**soleado** 晴朗
llovizna 細雨，毛毛雨	**caer** 落下 (見單元7)
tormenta 暴風雨	**llover** 下雨
nieve 雪	**seguir** 繼續 (見單元14)
nieblas 霧	**mejorar** 改善，提高
viento fuerte 強風，大風	**el cielo** 天空
cubierto nuboso 雲量	

Comentario

你也可以這樣説：

Hace calor, hace mucho calor.	天氣很熱，非常炎熱。
Hace frío, hace mucho frío.	天氣很冷，非常寒冷。
Hace (mucho) viento.	今天刮 (大) 風。
Hace sol.	今天陽光明媚。

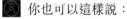

Hace buen tiempo.	今天天氣很好。
Hace mal tiempo.	天氣很糟。

還有：

Llueve.	天常常下雨。
Está lloviendo.	現在正在下雨。

相似地有：

Nieva en invierno.	冬天下雪。
No está nevando ahora.	現在沒下雪。

✅ Actividad

1 根據天氣報告和對天氣的描繪，用西班牙語回答下列問題·。

a ¿Qué tiempo hace el tres de abril?

b ¿Está lloviendo el día siete?

c ¿Cuándo sale el sol otra vez?

d ¿Hace calor el día cuatro?

e ¿Hace buen tiempo el dieciséis y diecisiete?

f ¿Hace mejor tiempo el día viente o el veintiuno?

g ¿Cuándo hace peor (worse) tiempo, el veintidós o el veintitrés?

h ¿Cuántos días de sol hay este mes?

i ¿Cuántos días hay de lluvia intensa?

j ¿En qué días hay tormentas?

🗨 Comentario

在165頁，你可以看到一個羅盤，是用西班牙語繪製的。

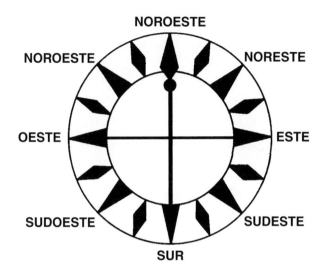

✅ Actividad

2 根據162頁的氣象圖將下面的句子補充完整。

a En Badajoz hay ... y ... pero en Sevilla ... .

b En el noroeste de España ... ... está ... de nubes, y hay ... también.

c Al norte y al sur de Madrid, hay ... y ... , pero al oeste y al noreste de la ciudad hay ... .

d Las regiones del país donde está soleado son Las ... , ... , y el ... .

e En Bilbao, no hace ... tiempo – hay ... .

f Al oeste de Barcelona, y en en el sudeste del país, hay ... , pero en la costa sudeste está ... .

⚅ Para estudiar

✳ Hace calor/tengo calor

注意它們的不同：

	Hace calor.	天氣很熱。
	Hace frío.	天氣很冷。
與	**Tengo calor.**	我發燒。
	Tengo frío.	我很冷。
以及	**El agua está caliente.**	水很熱。
	El café está frío.	咖啡冰涼。

換言之，當你表示天氣冷熱時用動詞hace，表示個人感覺冷熱時用動詞tengo。類似的例子如：

¿Tienes frío?	你冷嗎？
Isabel tiene frío.	伊莎貝爾感覺冷。
En agosto tenemos calor.	八月份我們感覺很熱。

表示飲料、食品、金屬等物質的冷熱時，用**está/están**（是）**caliente**（熱的）或者**frío**（冷的）就可以了，如：

Esta cerveza no está fría.	這種啤酒不冷。
Este chocolate está **demasiado caliente.**	這種巧克力太熱。

21 PARA TERMINAR ...
最後……

無論你是按照什麼順序學習12-20單元的，但是請最後閱讀本單元。在這裏，我們將努力為你解除不可避免地留在你腦海裏的一兩個疑問。

首先，正如我們先前提到的，西班牙語並不是你在西班牙聽到的唯一一種語言，看一看單元15中給出的地圖，在位於東北部的加泰羅尼亞，你會聽到加泰羅語、路標、商店名稱也都是加泰羅語。在比利牛斯山脈的另一端，偏遠的西北部講的是巴斯克語。當然，所有的居民都會講西班牙語。也像其他任何國家一樣，西班牙語有方言和地方口音。本書和CD上的語言都是標準的西班牙語——卡斯蒂利亞語——位於馬德里北部的古卡斯蒂利亞最基本的語言。集中在Burgos和Soria地區的人可能是講西班牙語講得最清楚的。而在其他地區，則帶有地方口音，有時候語音輕得你都聽不出來，或者又極重，如果你沒習慣他們的說話方式，很難弄明白他們在說什麼。有的人說話急促，有的人說話使用俚語，有的人說話不清晰，凡此種種，並非所有的人都講話清晰明白。但是無論怎樣，他們都會努力地和你進行溝通，使你們雙方互相理解。在引言中，我們也說過，西班牙人非常高興你學習他們的語言，會很願意跟你交流的。

其次，你可以從街道旁的路標、題字等文字中學習，下面的這些例子在日常生活中可能很有用處。

Prohibiciones 禁令

No tocar 禁止觸摸
No fumar 禁止吸煙
Perros no 禁止帶狗
No aparcar. Llamamos grúa.
　禁止泊車，違例拖走扣押

No tire colillas/papeles/basura
　禁止亂扔煙頭／廢紙／垃圾
No pisar el césped 禁止踐踏草
坪
Privado 私有
Prohibido el paso 禁止入內

Instrucciones 指引，說明

Empujad/Tirad 推／拉(門)
Llamar 請按鈴(敲門)(引起注
意)
**Introdúzcase la moneda en la
ranura** 請投幣
Prepare la moneda exacta
　請自備零錢，不設找贖(請投入
　確數錢幣)

**Peatón - circule por la
izquierda** 人行道——左側通
行
P En batería 泊車(並排)
P En línea (en cordón) 泊車
　(首尾相連)

Información 信息

Entrada/Salida 入口／出口
Sin salida 無出口
Abierto/Cerrado 開門／關門
Cerrado por vacaciones 年度
　休假期間停業
**Cerrado por descanso del
personal** 員工休假期間停業
No funciona 次序混亂
Se vende 待售

**Agua potable (agua no
potable)** 飲用水（非飲用水）
Hecho a mano 手工製作
De artesanía 手工製作
No se admiten reclamaciones
　概不退貨
Paso de peatones 人行橫道
Ambulatorio 門診部

最後，看一看在本書中我們學了多少語法？相信你完全有能力在實際中應用了。當然，我們並沒有全面地講解，這也因為我們本意如此。沒有詳加解釋的主要是動詞的其他時態，例如過去時態和將來時態。在單元16中，我們提到 **me he dado un golpe en la cabeza** (我傷了我的頭)，是過去時，如果你想表示將來的動作，可以用動詞"去"(見單元14)。例如：

Voy a comprar las entradas.	我要去買票。
Voy a ir.	我要走了。
Vamos a visitar el museo.	我們要去參觀博物館。
Van a llegar mañana.	他們明天到。

西班牙語中其他類型的句子不能簡單地表達出來。像"如果我早知道，我就會早點來的"這樣的句子就需要更高深的語法知識。同樣的，就像我們在單元15中建議過的那樣，有些祈使句，例如"把它給我"，"不要這樣告訴他"等需要在日常生活中應用來掌握。即使你已經學會了全部的語法知識，仍然有些用法是課本和字典所不能一一表述的，尤其是西班牙人在其日常生活中對語言的具體應用。但是這反而也有好處，因為你可以通過聽來獲取大量的用法，注意西班牙人的語言在不同的語境表達不同的行為，你要注意模仿。這裏有一些值得學習的對話用語。

¡No me diga(s)! 你不能說！我絕不會！

¡Vaya coche/casa! etc. 多好的房子／車等！

¡Vaya jaleo! 真吵啊！

¡Vaya una cosa! 真地有事！

Que le (te) vaya bien. 祝你萬事如意。

Me viene muy bien. 沒錯，非常方便，這正是我想要的。

Me da igual. 我不介意，對我來說都一樣。

Digo 我的意思是(當你意識到自己說錯話糾正時)

¡Que cosa más rara! 多奇怪的一件事啊！

¡Qué emoción! 真令人興奮！

¡Qué cosa más fina! etc. 多好啊！

¡Qué cara más dura! 你真厚顏無恥！你真無禮！

Desde luego 當然(同意某人觀點)

¡Qué lío! 真是一場混戰！真混亂！

¡Qué pena! 真可恥！

Me da vergüenza/me da corte 我有點為難。我有點發窘。

Es para volverse loco 這件事足能使你發瘋。

No faltaría más. 千方百計。

No hay de qué/de nada. 別客氣。

En absoluto. 一點也不。

¡Vaya!和**¡anda!**是很常見的表達方式，可用於各種語境。例如**¡anda!**可以表示一種輕微的驚訝，如果你把後面的音節拖長一些語氣會更強烈，如：**¡andaaaa!**要表示不相信的語氣可以迅速的重複這個詞：**anda, anda, anda.**（如果用**Vd.**稱呼對方的話，用**ande, ande, ande**表達）。但是在你使用這些詞之前，你要聽聽它們在實際當中是怎樣應用的。

這一點又使我們回到本書開始引言中所說過的：語言是一種社會行為，單單憑你自己努力，所學到的語言都是有限的，專家們已對局限之所在各執一詞。現在你已經學完了這本書，那麼你需要做的就是不放過任何一個講西班牙語的機會，或者在西班牙，或者與學習西班牙語的同伴，或者與母語是西班牙語的人練習。**¡Que le vaya bien!**

APPENDIX
附錄：歐元

本書到目前為止，大多數情況下都是把西班牙銀幣作為流通的貨幣。但是，隨着時間的流逝，那些到西班牙的遊人已經和西班牙本土的人一樣，習慣了使用歐元和分幣。西班牙銀幣從2002年下半年開始不再流通，將使用新的貨幣。如果你在用數字表示歐元和分幣時，像表示西班牙銀幣一樣從容，那麼這一點對你學習西班牙語就沒有任何問題。但是我們希望以下的內容對你有所幫助，另附加一些特別的西班牙語數字練習。

✔ Actividad

大聲朗讀下列內容，説出所有的數字。對照**Clave**檢查自己的説法是否正確。

El euro vale (a) 166 pesetas. Está dividido en (b) 100 céntimos. Un café que vale (c) 125 ptas. cuesta (d) 75 céntimos. Pero si se quiere tomar un buen güisqui que cuesta (e) 400 ptas. hay que pagar (f) 2 euros 40 céntimos –€2.40.

En un restaurante si la cuente llega, por ejemplo, a (g) 5.300 ptas, en euros el total es de (h) 31 euros 92 céntimos. Y al poner gasolina en el coche hay que pagar por lo menos (i) 24 euros, o 4000 ptas.

En el banco, al cambiar dinero, el equivalente de (j) £100 es más o menos (k) €160. (Año 2000).

Comentario

注意上文出現的vale來源於動詞**valer**，意思是"價值，值得"。在問某物的價格時，你可以說¿**Cuánto es?**或者?**Cuánto vale?** 還有兩個重要的表達**por lo menos** (至少)，**más o menos** (或多或少，左右)。

另外，注意 **(g)** 句中**5.300 ptas.**千位數字和百位數字之間加的是句點，而不是逗號。更加容易混淆的是在西班牙語中，小數點用逗號表示，而不是句點。所以如果你想表示"二點五"，就應該說成**2,5**，**dos coma cinco**。

在本書的寫作過程中，歐元在西班牙的日常交易中還沒有被如此迅速地接受。自從1999年，銀行的結算單和資產平穩表、證券交易的價格等，都以歐元計算。但是很難想像在單元17中攤販用西班牙銀幣以外的貨幣合計水果和蔬菜的價格。或許在那個消費層次上會繼續使用西班牙銀幣，或者簡單地將其兌換成歐元。有人已經想出一個辦法，那就是在口袋裏裝一個計算器，便於計算！

祝賀你！你已經學完了《西班牙語入門》這本書，現在可以講基本的西班牙語了！當你來西班牙時足可以應付各種日常情況，也能與西班牙人交流而成為朋友。

CLAVE
練習題答案

Unit 1

Actividades

2 a Buenos días, señor **b** Hola 或者 Buenos días **c** Buenas tardes, señores **d** Hola **e** Buenas noches **3 a** Este señor es Paco. **b** Esta señorita es Isabel. **c** Esta señora es la señora Ortega. **d** Estos señores son los señores Herrero. **e** No, este señor no es Pedro, es Paco. **f** No, esta señorita no es Luisa, es Isabel. **g** No, estos señores no son los señores García, son los señores Alba. **4 a** Estos señores son los señores Méndez, ¿no? **b** Este señor es Paco, ¿no? **c** Esta señorita es Juanita, ¿no? **d** ¿Es Vd. Paco? **e** ¿Son Vds. los señores Alba? **5 a** ¿Cómo se llama Vd. (señor)? 或者 Quién es Vd. (señor)? **b** Cómo se llama? 或者 ¿Quién es (esta señorita)? **c** ¿Cómo se llama Vd. (señora)? 或者 ¿Quién es Vd. (señora)? **d** ¿Cómo se llama? 或者 ¿Quién es (este señor)? **e** ¿Se llama Vd. Pedro (señor)? 或者 ¿Vd. se llama Pedro, ¿no? 或者 ¿Es Vd. Pedro (señor) 或者 Vd. es Pedro, ¿no? **f** Esta señorita se llama Luisa, ¿no? **g** Vds. son los señores Ortega, ¿no? **6 a** me llamo **b** perdone **c** ¿quién es? **d** hola **e** hasta luego A欄： Adios **Documento número 1:** Hotel San Nicolás

Evaluación

1 ¿Quién es Vd.? 或者 Cómo se llama Vd.? **2** Me llamo … 或者 Soy … **3** ¿Se llama Vd…? 或者 ¿Vd. es …? **4**

Perdone, señorita **5** Estos señores son los señores Méndez.

Unit 2

Actividades

1 a Soy de (地名). **b** Soy inglés (inglesa), americano (americana), etc. **c** No soy español (española). **d** ¿Es Vd. español, Paco? **e** Isabel, ¿es Vd. española? **f** ¿De dónde es Vd., Isabel? **g** Señores Méndez. ¿de dónde son Vd.? **h** ¿Son Vds. de Madrid, señores? (Sí, somos de Madrid.) **i** Señores Méndez, ¿son Vds. españoles? (Sí somos españoles.) **j** Somos ingleses. **k** No somos españoles. **2 a** Un sevillano es de Sevilla. Un madrileño es de Madrid. Un barcelonés es de Barcelona. **b** Un granadino es de Granada. Un cordobés es de Córdoba. Un malagueño es de Málaga. **c** Un burgalés es de Burgos. Un zaragozano es de Zaragoza. Un tarraconense es de Tarragona. **d** Un toledano es de Toledo. Un salmantino es de Salamanca. Un vallisoletano es de Valladolid. **e** Un zamorano es de Zamora. Un conquense es de Cuenca. Un gaditano es de Cádiz. **f** Un donostiarra es de San Sebastián. **3** italiano, español, francés, inglés, catalán, ruso (俄語), danés (丹麥語) **4 a** Sí, hablo inglés **b** Sí, soy americano, or No, soy… Vd. es catalán,

¿no? **c** No, no entiendo catalán. Hablo francés y español. **d** Muchas gracias. **5 a** iv, **b** i, **c** v, **d** iii, **e** ii **Documento número 2:** Soy como soy.

Evaluación

1 Soy ... (e.g. de Londres, de New York, de Canberra, madrileño/a, etc.) **2** Soy (e.g. inglés, americano, francés, australiano, etc.) **3** Hablo (e.g. inglés, francés, alemán, etc.) **4** Vd. habla inglés muy bien **5** ¿De dónde es Vd.? **6** ¿Es Vd. (e.g. español/española, inglés/inglesa, americano/americana, etc.)? **7 a** español/española **b** escocés/escocesa **c** catalán/catalana **d** vasco/vasca **e** alemán/ alemana

Unit 3

Actividades

1 a V **b** F **c** F **d** F **e** V **f** V **2 a** Paco trabaja en una oficina de la calle Goya. **b** Paco vive en un apartamento en la calle Meléndez Valdés. **c** Isabel trabaja en la oficina de IBERIA en la calle María de Molina. **d** Isabel vive con la familia en un piso en la calle Almagro. **e** No, Paco no vive en un piso grande, vive en un apartamento pequeño. **f** No, Isabel no vive en la calle Goya, vive en la calle Almagro. **g** Es Paco quien vive en la calle Meléndez Valdés. **h** Es Isabel quien trabaja en María de Molina. **i** No, Paco no trabaja como administrador, es arquitecto. **j** La oficina en María de Molina es de IBERIA – Líneas Aéreas de España. **3 a** los **b** el **c** la **d** las **e** los **f** la **g** el **4 a** un colegio **b** una oficina **c** un hospital **d** una oficina 或者 un estudio **e** un teatro **f** un café **5 a** ¿Dónde vive Vd., Paco? (Vivo en Meléndez Valdés, en un apartamento.) **b** ¿Dónde trabaja Vd., Isabel? (Trabajo en María de Molina, en la oficina de IBERIA). **c** Vivo también en un apartment pequeño. **d** Trabajo en una oficina también. **e** No hablo muy bien el español todavía. **f**

Soy inglés/inglesa (escocés/escocesa, etc.). Hablo inglés. **6** 缺失的數字 – siete. **Documento número 3: a** 4 **b** 在一個車庫裏 **c** 工作時間

Evaluación

1 veinte, diecinueve, dieciocho, diecisiete, dieciséis, quince, catorce, trece, doce, once, diez, nueve, ocho, siete, seis, cinco, cuatro, tres, dos, uno, cero **2** Paco vive en la calle Meléndez Valdés, número cinco, tercero D, en Madrid. **3** Isabel, ¿dónde vive Vd.? ¿Y dónde trabaja Vd.? **4** Soy director(a) de una empresa. **5** Vivo... y trabajo ...

Unit 4

Actividades

1 Paco es español. Isabel es madrileña. Los señores Méndez están casados. El apartamento de Paco es pequeño. IBERIA es una compañía importante. Isabel y Paco son madrileños. El piso de Isabel es muy grande. La oficina de Paco está en la calle Goya. **2 a** no están **b** no es **c** no es **d** no está **e** no son **f** no están **g** no está **h** no son **3 a** Está muy bien. **b** No, está casada con Paul. **c** Sí, naturalmente. **d** Es muy simpático. Es escocés. **e** Viven en Edimburgo. **f** Es contable y trabaja en Edimburgo. **g** Sí, trabaja en una agencia de turismo. **4 a** Está muy bien. **b** No está muy bien. **c** Es arquitecto. **d** Está en casa. **e** Está de vacaciones. **f** Está contento. **g** Es de Madrid. **h** Está en Madrid. **i** Es español. **j** Está constipado. **5 a** Están muy bien. **b** No están muy bien. **c** Son simpáticos. **d** Están en casa. **e** Están de vacaciones. **f** Están contentos. **g** Son de Madrid. **h** Están en Madrid. **i** Son españoles. **j** Están constipados. **Documento número 4: a** El Tabernón **b** En Ávila **c** La calle San Segundo

Evaluación

1 Estoy contento/a **2** Estoy de vacaciones **3** ¿Qué hace Vd.? or

¿Dónde trabaja Vd.? **4** Estoy casado/a, estoy soltero/a **5** ¿Está Paco? **6** ¿Cómo está Vd.? **7** Estoy bien. No estoy muy bien.

Unit 5

Actividades

1 a El padre de Luis es el señor Méndez. **b** Se llama Luis. **c** Se llama Isabel. **d** Tiene cuatro abuelos. **e** Tiene un sobrino. **f** Los señores Méndez son los suegros de Margarita. **g** Los señores Ballester son los suegros de Luis. **h** Isabel es la cuñada de Luis. **i** Se llama Fernando. **j** Luisito tiene dos tíos y una tía. **2 a** hermana **b** hermanos **c** mi, mi cuñado **d** mis, abuelos **e** cuatro **f** mi, se llama **g** mi, el hermano **h** cuatro, un **i** una hija **j** están, tienen **3 a** Carlos López Silva **b** Carmen Rivera García **c** Ana Serrano **d** Pedro López Rivera **e** Carmen López Rivera **f** Diego López Rivera **g** María Ayala **h** Carmen López Serrano **i** Diego López Ayala **j** José María López Ayala **4 a** pero Isabel no **b** pero Isabel no **c** pero Isabel sí **d** pero Isabel sí **e** pero Isabel sí **f** pero Isabel no **5 a** Hoy hay fabada en el restaurante. **b** En el quiosco hay billetes de lotería. **c** No. Para el teatro no hay entradas. **d** Hay cuatro vuelos diarios de BA de Londres a Madrid. **e** Sí. El apartamento de Paco es suficiente para él. **f** No es de él, está alquilado. **g** Porque sus padres viven en Alicante. **h** El coche de Paco siempre está en la calle. **i** No es de ella, es de sus padres. **j** El perro en casa de Isabel es de su madre.

Unit 6

Actividades

1 a el uno de marzo **b** el dieciséis de junio **c** el treinta y uno de agosto **d** el dos de noviembre **e** el cuatro de julio **f** el diecinueve de mayo **g** el veintidós de febrero **h** el diez de abril **i** el veintiséis de octubre **j** el veinticuatro de diciembre **k** el treinta de enero **l** el once de noviembre **3 a** Voy a Santander. **b** Porque tengo un congreso en Santander. **c** No. En Barcelona tengo una reunión. **d** Voy el cinco de junio. **e** A Barcelona voy el día nueve. **f** Voy en coche. **g** Vuelvo a Madrid el diez de junio. **h** Porque voy directamente de Santander a Barcelona. **4 a** Estamos en Málaga porque estamos de vacaciones. **b** Volvemos a Madrid el día treinta. **c** Pasamos un mes en Málaga. **d** No. Tenemos un piso alquilado. **e** Vamos al café para tomar el aperitivo. **f** Sí. Vamos mañana también. **g** Sí. Vamos todos los días. **h** No. Volvemos a casa para comer. **i** No tenemos familia en Málaga, pero sí tenemos amigos. **j** Vamos al cine o al teatro. **5 a** Sí, voy a Santander y Madrid. **b** Voy el día veinte de julio. **c** Paso diez días en Santander, y después voy a Madrid. **d** Sí, paso cinco días en Madrid con mis amigos. **e** No, tomo el tren. **6** Para visitar las capitales de provincia se puede alquilar un coche. Para un aperitivo se puede tomar un gin-tonic. Para ir a Barcelona se puede tomar el tren, el avión, o el autobús. Para ir a Gerona en agosto se puede tomar un vuelo charter. Para pasar un mes en Málaga se puede alquilar un piso. Para visitar Venezuela se puede tomar un vuelo internacional de IBERIA. Para comer se puede ir a un restaurante. Para la digestión después de comer se puede dormir la siesta. **Documento número 5: a** 19.500 ptas. **b** 52 **c** 填上你的姓名、地址、郵政編碼、城鎮、國家、電話號碼、簽名、付款方式。**Documento número 6:** Servicios especiales de lujo (特別豪華服務), más rápidos (更快), más seguros (更安全), más cómodos (更舒適), que cualquier (比任何) otro medio (其它方式) de transporte por carretera (公路交通) que Vd. puede elegir (你能選擇的).

Evaluación
1 Treinta y uno, treinta, veintinueve, veintiocho, veintisiete, veintiséis, veinticinco, veinticuatro, veintitrés, veintidós, veintiuno **2** enero, febrero, marzo, abril, mayo, junio, julio, agosto, septiembre, octubre, noviembre, diciembre **4** ¿Cómo se va al teatro? **5** ¿Se habla inglés aquí? **6** Se puede tomar el autobús a la estación. **7** Hay cinco vuelos todos los días. **8** Paso un mes en España todos los años.

Unit 7
Actividades
1 a El veintiuno cae en un martes. **b** El treinta y uno cae en un viernes. **c** El primer domingo cae en el día cinco. **d** El último domingo cae en el día veintiséis. **e** Los sábados en julio caen en el cuatro, el once, el dieciocho y el veinticinco. **f** El veintisiete cae en un lunes. **g** El cumpleaños de Isabel cae en un miércoles este año. **h** No. En julio el trece no cae en martes. **2 a** domingo **b** miércoles **c** martes **d** jueves **e** sábado **f** viernes **g** lunes/**Column a**: octubre **3 a** F **b** V **c** V **d** F **e** V **f** V **g** F **h** F **i** F **j** V **4 a** a las ocho y media de la tarde **b** a las siete y media de la tarde **c** a las seis y veinticinco de la tarde **d** a las nueve y veinte de la mañana **e** a las nueve y cinco de la tarde **f** a las dos y cuarto de la tarde

Unit 8
Actividades
1 a Necesito salir a las ocho y media. **c** Quisiera hablar por teléfono a las diez y cuarto. **d** Necesito hablar con el director a las doce menos cuarto. **e** Quisiera comer a las dos. **f** Quisiera tomar un gin-tonic a la una y media. **g** Necesito estar en casa a las cinco. **h**

Necesito ir al dentista a las cinco y media. **i** Quisiera las entradas para las siete y media de la tarde. **j** Quisiera hacer la reserva en el restaurante para las diez y media de la noche. **k** Necesito salir con el perro a las doce de la noche. **2 a** F **b** F **c** F **d** V **e** F **f** V **g** V **h** F **3 a** lo **b** las **c** los **d** lo **e** lo **Documento número 7: a** Para el 18 de agosto **b** 19L **c** no fumadores **d** Madrid – Londres

Evaluación
1 Quisiera un café. **2** Necesito estar en Madrid el viernes. **3** Quiere hacer una reserva, por favor? **4** Necesito estar en la oficina para una reunión el día dieciséis. **5** Voy a París mañana. El vuelo sale a las diez y cuarto de la mañana. **6** Quisiera dos entradas de teatro, para el día veintitrés por favor.

Unit 9
Actividades
1 a no le gusta **b** quisiera **c** quiere **d** se llama **e** un ángel **f** le gusta **g** le gusta **h** demasiada política y demasiado fútbol **i** le gustan **j** son demasiado sentimentales **k** le gustan **2 a** Me gusta el café. **b** Lo prefiero con leche. **c** No quiero azúcar. **d** No me apetece un café ahora. **e** ¿Quiere Vd. un té, Isabel? **f** ¿Cómo lo quiere? **g** ¿Lo prefiere siempre con leche? **h** ¿No le gusta el té con azúcar? **i** ¿Le gustan los vinos españoles, Paco? **j** ¿Prefiere Vd. el güisqui o el vermú? **k** ¿Le apetece un gin-tonic? **l** ¿Lo quiere con limón? **3 a** No, no me apetece ir al cine. **b** No, no me gusta el chocolate. **c** No, no quiero un gin-tonic. **d** No, no me gusta la música de Verdi. **e** No, no me apetece salir en el coche. **f** Sí, me apetece ir a casa. **4 a** vii; **b** iii, iv, vi, vii; **c** i, ii, viii; **d** i, ii, v, viii **Documento número 8: a** 155 ptas. **b** 620 ptas. **c** para el 8 de abril

de 2001 **d** 15.51 h (a las cuatro menos diez) **Documento número 9 a:** No, no quiero ir a Mallorca. **b** Sí, prefiero ir a Gran Canaria. **c** 2.000 ptas. 12 euros **d** 3.000 ptas. 18 euros. **e** En Viajes Barceló (*Barceló* 旅行)

Evaluación
1 Me gusta la música. **2** Me gusta mucho/muchísimo la música flamenca. **3** No me gusta el fútbol. **4** Prefiero la música clásica. **5** ¿Le gusta a Vd. la música flamenca? **6** ¿Prefiere Vd. la música flamenca o la música clásica? **7** Quiero ir a casa porque no me apetece trabajar más y necesito un gin-tonic.

Unit 10
Actividades
1 a A las siete Paco se levanta. **b** Después, se lava y se viste. **c** Sale de casa a las ocho menos veinte. **d** Cuando llega a la oficina se sienta para trabajar. **e** Se siente bien porque tiene compañeros simpáticos. **f** No. Los Méndez se levantan tarde. **g** Porque no tienen prisa. No trabajan. **h** Antes de salir se lavan y se visten (se arreglan). **i** Cuando llegan al café se sientan en la terraza. **j** Dice que les gusta salir todos los días. **2 a** ¿A qué hora se levanta Vd., Paco? **b** ¿A qué hora sale Vd. de casa? **c** ¿A qué hora llega Vd. a la oficina? **d** ¿Le gusta su trabajo? **e** ¿Por qué le gusta? **f** ¿A qué hora se levantan Vds.? **g** ¿Por qué no tienen Vds. prisa? **h** ¿Por qué no trabaja su marido? **i** ¿A qué hora salen Vds.? **j** ¿Dónde se sientan Vds. en el café? **3 a** ii, **b** iii, **c** ii, **d** i, **e** iii, **f**, ii **4 a** Se toma un aperitivo a las siete de la tarde. **b** Se come bien en España. **c** Se habla bien el español en Burgos. **d** Se siente más contento en casa que en la oficina. **e** Se necesita trabajar mucho. **f** Se sale con el perro todos los días. **g** No se puede pagar con cheque. **h** En

Inglaterra se bebe más té que vino. **Documento número 10:** 雇用合同書，即刻上班和上班時間（8:30-1:30, 2:30-5:30）

Evaluación
1 Paco tiene prisa. **2** Tenemos prisa. **3** Me visto a las siete y salgo a las ocho y media. **4** Me lo paso bien los sábados. **5** No me siento bien, quiero volver a casa. **6** ¿Se puede pagar con tarjeta de crédito? **7** Me levanto tarde todos los domingos. **8** No me gusta trabajar en la oficina, porque mis compañeros son antipáticos (或者 no son simpáticos).

Unit 11
Actividad
a Paco, eres madrileño, ¿no? **b** Vas todos los días al café, Paco? **c** ¿Tienes un coche, Paco? **d** ¿Te gusta el fútbol, Paco? **e** ¿Tienes prisa por las mañanas, Paco? **f** Isabel ¿dónde pasas tus vacaciones? **g** Y ¿dónde prefieres vivir? **h** ¿Qué te apetece más, Isabel, un té o un café? **i** ¿Qué familia tenéis, Isabel y Paco? **j** ¿A qué hora salís por la mañana, Paco e Isabel?

Unit 12
Actividades
2 a ¿Tienes carnet? (un Documento Nacional de Identidad) **b** ¿Cuál es el número? **c** ¿Cuándo caduca? (¿Cuál es la fecha de caducidad?) **d** ¿Tienes permiso de conducir? **e** ¿Tienes pasaporte? **f** ¿Usas tarjeta de crédito? **g** ¿Tienes seguro de accidente? **h** ¿Cuál es el número de la poliza? **i** ¿Dónde vives? **j** ¿Cual es tu número de teléfono? **k** ¿Cuáles son tus apellidos? **l** ¿Cómo se escriben? **3 a** v, **b** iii, **c** vi, **d** ii, **e** i, **f** iv **4 a** quinientas pesetas/tres euros **b** mil doscientas treinta y cinco pesetas/siete coma cuarenta y dos euros **c** ciento sesenta y cinco pesetas/un euro **d** cien pesetas/cero coma sesenta euros

e dos mil quinientas pesetas/quince euros **f** cincuenta mil pesetas/trescientos coma cincuenta euros **g** doscientas pesetas **h** mil novecientos noventa y cinco **i** mil novecientos ochenta y cuatro **j** dos mil diez **k** seis, cuarenta y nueve, diez **l** cuarenta y ocho, setenta y tres, veintiséis **Documento número 11: a** Tiene el número veintidós mil, novecientos ochenta y siete. **b** No, es una entrada individual, de una persona.

Evaluación
1 Mi fecha de nacimiento es … **2** Mi apellido es … **3** Mi dirección es … **4** Mi número de pasaporte es … **5** Tengo seguro de accidente – el número de la poliza es… **6** Quisiera pagar con tarjeta de crédito.

Unit 13

Documento número 12: Marbella公寓就在海邊. (**en primera línea**字面意思是"在前排")

Unit 14

Actividades
1 a A Isabel no le interesa mucho el deporte. El señor Méndez es demasiado viejo. **b** A Isabel le gusta muchísimo la música. Al señor Méndez le gusta el fútbol. **c** Isabel toca el piano y la guitarra y va a muchos conciertos. El señor Méndez ve los partidos de fútbol en la televisión. **d** Isabel va al teatro con Paco y otros amigos. El señor Méndez va con su señora. **e** Isabel sale a museos y galerías. Los señores Méndez salen al café. **2 a** xii; **b** viii; **c** v; **d** xviii; **e** ii; **f** xiii; **g** iii; **h** i, xv; **i** vi; **j** iv, xi, xx; **k** vii; **l** ix, xvii, xix; **m** x; **n** xiv, xvi **3 a** Está en la calle Fuencarral, número setenta y ocho. **b** No es necesario pagar – la entrada es gratuita. **c** La entrada tiene el número trescientos sesenta y dos mil, novecientos treinta y siete. **d** La entrada es para el uno de

enero. **e** Es para la función de la tarde. **f** La butaca está en la filá número siete (la séptima fila). **Documento número 13: a** Dos copias por el precio de una. (付一張相片的錢即可得到兩張相片。) **b** Sí, me gusta. **c** No, no hago muchas.

Unit 15

Actividades
1 a Sí. Hay un aparcamiento cerca del museo. **b** Está en la calle Trafalgar. **c** Frente a la iglesia hay un banco. **d** El mercado está en la calle Raimundo Lulio. **e** Sí. La farmacia está frente a Correos, al otro lado de la plaza. **f** No. El teatro está al otro lado de la calle Luchana. **g** Se toma la calle Raimundo Lulio y se sigue hasta el final. **h** La estación de metro está más cerca del cine. **i** El banco está en la esquina de la calle Santa Engracia con la calle Santa Feliciana. **2** 注意：還有其它路線可以到達目的地——如果有疑問參考對話內容。 **a** Cruza esta calle aquí a la izquierda, y sigue hasta la plaza. Correos está a la izquierda. **b** Siga a la derecha por esta calle hasta la plaza, y el museo está a su izquierda. **c** Sí, en la Plaza de Chamberí. Tome la calle Raimundo Lulio enfrente, siga hasta el final, y hay una farmacia al otro lado de la plaza. **d** Toma la tercera calle aquí a la izquierda – la calle Sagunto, después del banco – y el cine está en tu derecha. **3 a** Para ir desde Madrid a Cádiz, hay que tomar la carretera nacional cuatro. No. No se pasa por Granada. **b** Si se va desde Madrid a Portugal, se cruza la frontera cerca de Badajoz. **c** No. No hay mucha distancia entre Gijón y Oviedo. **d** Sí, Toledo está cerca de Madrid. **e** Valencia está más cerca de Madrid que Barcelona. **f** Para ir desde Francia a Alicante se toma la autopista.

g Entre Badajoz y Gijón hay las ciudades de Cáceres, Salamanca, Zamora y Oviedo. **h** España es mucho más grande que Portugal. **i** Santiago está en Galicia. **4 a** Sí, las carreteras son buenas, pero las distancias son grandes. **b** Sí, y me gustan los horizontes lejanos. **c** Hace calor en mayo, pero en julio, agosto y septiembre hace un calor intenso y es insoportable pasar todo el día en el coche. **d** Sí, pero son de peaje, y prefiero las carreteras más pequeñas. Sin embargo, me gusta la autopista que conecta Bilbao y Barcelona. **e** En mayo no, pero sin embargo se necesita conducir con precaución y no ir demasiado rápido. En julio y agosto hay demasiados coches porque millones de familias españolas se desplazan para sus vacaciones.

Unit 16
Actividades
1 a Hola, Ignacio, ¿Cómo estás? **b** ¿Tienes un catarro? (¿Estás constipado?) **c** ¿Tienes fiebre? **d** Dice treinta y siete grados. No tienes fiebre. **e** ¿Te duele la cabeza? **f** ¿Y te duele el estómago? **g** Tú no te sientes bien porque bebes demasiado. **2 a** ¿Tienen Vds. una loción para una quemadura del sol? **b** Tengo un corte en el pie. ¿Tiene una pomada antiséptica y una venda? **c** Me duele el estómago. **d** Me duele una muela. ¿Tiene Vd. un analgésico? **e** Mi hijo no se siente bien y tiene fiebre. **f** Quiero unas gotas para un ojo inflamado. **g** Tengo el tobillo hinchado; necesito una tobillera. **h** Necesito ver a un médico. ¿Cuáles son las horas de consulta? **3 a** El medicamento se llama 'Anginovag'. **b** No es medicina, es un spray. **c** El envase tiene veinte mililitros (20 ml). **d** El tratamiento es para infecciones de la boca y la garganta. **e** La dosis

preventiva es de una aplicación cada seis horas. **f** La dosis curativa es de una o dos aplicaciones cada dos o tres horas. **g** No hay efectos secundarios. **h** El medicamento se fabrica en Laboratorios Novag, S.A., que están en San Cugat del Vallés, cerca de Barcelona. **Documento número 14:** Virgo, con diez estrellas.

Unit 17
Actividades
1 '¿Nada más, señora? Pues son dos kilos de naranjas, a setenta y cinco el kilo, ciento cincuenta pesetas; cuarto de limones, cuarenta y cinco pesetas: un kilo de peras, cien pesetas; medio de fresas, ciento viente pesetas; patatas, ochenta pesetas; medio de acelgas, sesenta y cinco pesetas; la lechuga, noventa y cinco pesetas; y los tomates, sesenta; ajos, cuarenta. Vamos a ver, cinco, diez, quince. Llevamos una. Cuatro y una, cinco; y seis, once: y nueve, veinte, y seis, veintiséis; y ocho, treinta y cuatro; y dos, treinta y seis, y cuatro, cuarenta; y cinco. Llevamos cuatro. Cinco, seis y siete. Setecientos cincuenta y cinco en total, señora.' **2 a** dos kilos de naranjas **b** doscientos gramos de jamón **c** un litro de leche **d** ciento cincuenta gramos de queso **e** dos ajos **f** un kilo de patatas **g** un cuarto de gambas **h** tres rajas de salmón **3 a** ¿Dónde está el departamento de perfumería? **b** ¿Tienen Vds. una farmacia? **c** ¿Dónde está la cafetería? **d** Quisiera pagar con Visa. **e** Voy a pagar en efectivo. **f** ¿En qué planta está la sección de deportes? **g** ¿Dónde están los aseos? **h** La librería está en la planta baja.

Unit 18
Actividades
1 a Tengo hambre. **b** ¿Qué hay para comer? **c** Tienes hambre? **d** A mí me

gustan las pizzas. **e** ¿Te apetece una pizza? **f** ¿Prefieres pizza de anchoas o pizza de jamón? **g** Voy a llamar para una pizza. **h** ¿Quieres cerveza o Coca Cola? **i** Voy a comprar dos cervezas, **j** Voy a tomar un café. **2 a** iii, **b** ii, **c** ii, **d** ii, **e** i, **f** iii **3 Tu: a** ¿Quieres un café? **b** ¿Quieres té con limón? **c** ¿Te apetece tarta de chocolate? **d** ¿Te apetece tostada con miel? **e** ¿Quieres una cerveza fría? **Vd.: a** ¿Quiere Vd. un café? **b** ¿Quiere Vd. té con limón? **c** ¿Le apetece tarta de chocolate? **d** ¿Le apetece tostada con miel? **e** ¿Quiere una cerveza fría? **4 a** Quisiera las judías. **b** Me gusta el pollo, pero no el ajo … Voy a tomar la merluza. **c** De postre quiero helado. **d** Prefiero chocolate. **e** Sin gas, por favor. **f** Con el pescado, tal vez blanco. **g** No quiero café, si no está incluido. **5 a** Los entremeses, ¿qué son? **b** ¿Está fresca la merluza? **c** ¿Tiene mucho ajo el pollo? **d** ¿Qué fruta hay? **e** ¿El vino es de La Rioja? **f** ¿Se puede tomar cerveza en vez de vino? **Documento número 16: a** 啤酒、烈酒、獨家咖啡、烙餅、熱點心和三明治 **b** 從早上九點到凌晨一點。

Unit 19
Actividades
1 a ¿Se puede cambiar dinero en el hotel? **b** Quiero cambiar cien libras esterlinas. **c** ¿A cuánto está la libra? **d** Prefiero ir a un banco. **e** ¿A qué hora se cierra el banco? **f** Tengo que ir al banco antes de las dos. **g** Tengo cheques de viaje en dólares. **h** ¿Dónde está la caja? **i** ¿Dónde puedo comprar sellos? **j**

Quiero dos sellos para cartas por avión a los Estados Unidos, y cinco sellos para postales para Inglaterra. **k** Tengo que echar las cartas hoy. **l** ¿Dónde está el buzón más cercano? **m** ¿Dónde están los aseos? (¿Dónde está el guardarropas?) **Documento número 17: Sin comisiones:** 沒酬金; **sin retención fiscal:** 不減稅

Unit 20
Actividades
1 a El tres de abril llueve. **b** Sí. El día siete caen chubascos. **c** El sol sale otra vez el diez. **d** No. El día cuatro no hace calor. Hay tormenta. **e** No. El dieciséis y diecisiete hace mal tiempo. **f** Hace mejor tiempo el veintiuno que el día veinte. **g** Hace peor tiempo el veintitrés porque el cielo está completamente cubierto. **h** Hay ocho días de sol este mes. **i** Hay cinco días de lluvia intensa. **j** Hay tormentas el día cuatro y el día veinticinco. **2 a** nubes, claros, hace sol **b** el cielo, cubierto, lluvia **c** nubes, claros, lluvia **d** Palmas, Tenerife, sur **e** buen, cubierto nuboso **f** nieblas, soleado

Appendix
Actividad
a ciento sesenta y seis pesetas **b** cien céntimos **c** ciento veinticinco pesetas **d** setenta y cinco céntimos **e** cuatrocientas pesetas **f** dos euros cuarenta céntimos, (dos cuarenta) **g** cinco mil trescientas pesetas **h** treinta y un euros, noventa y dos céntimos **i** veinticuatro euros, cuatro mil pesetas **j** cien libras (esterlinas) **k** ciento sesenta euros

西漢詞彙表

下面的單詞表是本書中出現的重要詞彙，尤其是那些不止一次出現的和在練習中練習過的以及幾個需特別強調的單詞，還有後面漢西詞彙表中的單詞，都很重要。這裏沒有列舉出數字、星期、月份等幾組單詞，但是你可以在書中輕易地找到它們。

abierto　*開着的*

abrigo (el)　*外套*

abuela (la)　*(外) 祖母*

abuelo (el)　*(外) 祖父*

abuelos (los)　*(外) 祖父或祖母*

acelgas (las)　*瑞士甜菜*

afortunadamente　*幸運地*

agradable　*愉快的*

ahora　*現在*

albaricoque (el)　*杏*

algo　*某物*

algunas veces　*有時*

allá, más, allá de　*在那裏，超過*

almohada (la)　*枕頭*

almuerzo (el)　*午餐(正式)*

alquilar　*租用*

alquiler (el)　*租金*

alto　*高的*

amarillo　*黃色的*

ambiente (el)　*大氣，空氣*

amigo (el) (la amiga)　*朋友*

animado　*活潑的*

año (el)　*午*

antes (de)　*在……以前*

apellido (el)　*姓*

apto　*適當的，合適的*

aquí　*這裏*

arreglar　*安排*

armario (el)　*櫥櫃*

autobús (el)　*巴士*

autopista (la)　*高速公路*

avión (el)　*飛機*

azúcar (el)　*糖*

azúl　*藍色*

bajo　*(個子) 矮的，低的*

baño　*沐浴，洗澡*

barato　*便宜的，廉價的*

barrio (el)　*區域*

bastante　*充足的，完全地，公平地*

beber　*喝*

bien　*好地*

billete (el)　*票，鈔票*

blanco　*白色的*

blusa (la)　*寬鬆的上衣*

bolsa (la)　*袋子*

bolso (el)　*手提包*

botella (la)　*瓶子*

brazo (el)　*手臂*

bueno　*好的*

buscar　*找尋，尋找*

butaca (la)　*扶手椅子*

buzón (el)　*信箱*

cabeza (la)　*頭*

cada　*每個，每一*

caer　*落下*

cajón (el)　*抽屜*

calcetines (los)　*襪子*

caliente　*炎熱的*

calle (la)　*街道*

calor (el)　*熱，高溫*

calzoncillos (los)　*褲子／短褲*

cama (la)　*床*

cambiar 改變

caro 昂貴的

carretera (la) 道路，幹線道路

carta (la) 信 (通信，信件)

casa (la) 房子，住宅

casado 已婚的

casi 幾乎

cena (la) 晚餐，正餐

cepillo de dientes (el) 牙刷

cerca (de) 接近，在……附近

cerrado 關閉，關上

cielo (el) 天空

cine (el) 電影院

ciruela (la) 李子

coche (el) 汽車

cocina (la) 廚房

comedor (el) 飯廳

comer 吃

comida (la) 餐，中午的主餐

cómo 如何，怎樣

como 如同，像……一樣

compañero (el) (la compañera) 同事，同伴

compañía (la) 公司

comprar 買

concierto (el) 音樂會

conferencia (la) 長途電話

congreso (el) 會議

conocer 知道，認識

contento 快樂的，幸福的

Correos 郵局

corto 短的

cuando 當……時候

cuánto, cuánta 多少 (修飾不可數名詞)

cuántos, cuántas 多少 (修飾可數名詞)

cuarto de baño (el) 浴室

cuchara (la) 湯匙

cucharilla (la) 茶匙

cuchillo (el) 刀

cuello (el) 脖子

cumpleaños (el) 生日

champú (el) 洗髮精，香波

chaqueta (la) 夾克

chica (la) 少女

dar 給

de ……的

de acuerdo 同意

débil 虛弱的

decir 説

demasiado, demasiada 太多 (修飾不可數名詞)

demasiados, demasiadas 太多 (修飾可數名詞)

deporte (el) 運動

derecha 右邊

desayuno (el) 早餐

describir 描述

desde 自從……，從……

despacio 慢慢地

después (de) 在……以後

día (el) 日子

diente (el) 牙齒

difícil 困難的

dinero (el) 錢

dirección (la) 住址，方向

divertir, divertirse 玩得高興，過得愉快

doblar 翻轉，摺疊

donde 哪裏

dormitorio (el) 臥室

ducha (la) 陣雨，淋浴

duda, sin duda (la) 懷疑，毫無疑問

echar 投，擲

edredón (el) 用羽毛、絨毛等制成的棉被

efectivo, en efectivo (el) 現金

ejemplo, por ejemplo (el) 例子，例如

empezar 開始

enfrente 相對的，相反的

entrada (la) 入場券

escoger 選擇

escribir 寫

espalda (la) 背面，後背

esquina (la) 角落 (外面的)

estanco (el) 書報攤，售貨亭

este, esta 這個

estómago (el) 胃

estos, estas 這些

estudiante (la estudiante) (el)　學生
exposición (la)　展覽

fácil　容易的
falda (la)　裙子
familia (la)　家庭
fecha (la)　日期
fin (el)　結束
fin de semana (el)　周末
frente a　相對的，對立的
frío (el)　感冒
frío　寒冷的
fuerte　強壯的
funcíon (la)　表現，表演
fútbol (el)　足球
golpe (el)　打擊，敲擊
grande　大的，巨大的，很棒的
gris　灰色的

hablar　說話，談話
hacer　做，製造
hasta　直到……才
hay　有，那兒有
hermana (la)　姊妹
hermano (el)　兄弟
higo (el)　無花果
hija (la)　女兒
hijo (el)　兒子，孩子
hijos (los)　孩子 (親戚關係)
hombre (el)　男人
hora (la)　白天
horario (el)　時間表
hoy　今天

ida y vuelta　往返 (票)
ida, de ida sólo　單程票
idioma (el)　語言
interesante　有趣的
invierno (el)　冬天
ir　去
izquierda　左邊

jabón (el)　肥皂
jerez, vino de Jerez　雪利酒

jóven　年輕的
jugar　做遊戲，玩

lado (el)　邊
largo　長的
lavado (el)　臉盆
lavar, lavarse　洗，洗 (臉、手等)
leche (la)　牛奶
levantarse　起床
libra (la)　英鎊
limón (el)　檸檬
luz (la)　燈光，光亮，電流
llamar　呼叫，打電話
llegar　到達
llevar　戴着，穿着
lluvia (la)　雨

madre (la)　母親
madrileño　馬德里
malo　壞的
mañana, pasado mañana　明天，後天
mañana (la)　早上
mandar　送
mano (la)　手
manzana (la)　蘋果
manta (la)　毛毯
mapa (el)　地圖
máquina de afeitar (la)　剃鬚刀
marido (el)　丈夫
mariscos (los)　海鮮，貝
marrón　棕色的
medias (las)　長襪
médico (el)　醫生
melocotón (el)　桃子
menos mal　幸好
merienda (la)　茶，野餐
mes (el)　月份
mesa (la)　桌子
mismo　相同的
mostrar　顯示，展示，表演
muchas veces　時常
muela (la)　牙齒 (白齒，磨牙)
mujer (la)　女人，妻子
museo (el)　博物館

muy　非常

nacimiento (el)　出生
nacionalidad (la)　國籍，民族
nada　無，什麼也沒有
nadie　沒有人
nadar　游泳
naranja (la)　橘子，橙子
naturalmente　自然地，當然
necesitar　需要
negro　黑色
nieta (la)　孫女，外孫女
nieto (el)　孫子，外孫子
ninguno　一點也不，一個也沒有
niños (los)　孩子們 (從年齡上劃分)
noche (la)　晚上
nombre (el)　名字，名
nuevo　新的
nunca　從不

oficina (la)　辦公室
oír　聽到
ojo (el)　眼睛
otoño (el)　秋天
otro　其他的

padre (el)　父親
padres (los)　父母
pagar　付款
palabra (la)　字，單詞
pantalones (los)　褲子
pantis (los)　貼身襯衣，緊身衣
para　為了
parte, todas partes　部份，各處
partido (el)　比賽
pasaporte (el)　護照
pasar　經過，通過
pasta de dientes (la)　牙膏
pata (la)　腿 (動物)
peaje (el)　通行費
peine (el)　頭梳，梳子
pequeño　小的，少的
pera (la)　梨
periódico (el)　報紙

pero　但是
perro (el)　狗
pie (el)　腳
piel (la)　皮膚
pierna (la)　腿 (人)
piscina (la)　游泳池
piso (el)　公寓
planta (la)　層，地板
plátano (el)　香蕉
plato (el)　碟子，盤子
plaza (la)　廣場
pocas veces　不經常
poder　可以，能夠
poliza (la)　保險單，政策
poner　放
por　穿越，通過，沿着
¿por qué?　為什麼
porque　因為
postre (el)　餐後甜點
preferir　較喜歡
pregunta (la)　問題
preguntar　問
primavera (la)　春天
primero (primer)　第一
primo (el)(la prima)　堂兄弟姊妹
prisa, tener prisa　匆忙
problema (el)　問題
puerta　門

que　哪個，那個
querer　想要，喜愛
quien, quienes　誰
quiosco (el)　售貨亭

rápido　快的，迅速的
reunión (la)　會議，聚會
rincón (el)　角落，拐角 (裏面的)
rojo　紅色的

sábana (la)　床單
saber　知道 (事實)
sacar　(從容器裏面) 拿出來
salir　離開，外出
salón　起居室

salvo 除了
seguir 跟隨
seguro 當然的，確定的
seguro (el) 保險
sello (el) 郵票
semana (la) 星期
sentarse 坐下
sentirse 感覺
servilleta (la) 餐巾
siempre 總是
silla (la) 椅子
simpático 友善的，令人愉快的
sino (no … sino) 不……除了
sobrina (la) 侄女
sobrino (el) 侄子
sofá (el) 沙發
sol (el) 太陽
soltera 未婚女人，單身
soltero 單身漢

también 也
tarde (la) 午後，傍晚
tarde 遲到的
tarjeta (la) 卡片
taza (la) 杯子
teatro (el) 戲院
teléfono (el) 電話
temprano 早的
tenedor (el) 叉子
tener 有
tener que 必須
terraza (la) 陽台，小餐館的陽台
tía (la) 姨，姑姑，舅母，伯母，嬸嬸
tiempo (el) 時候，時機，氣候
tinto 紅葡萄酒
tío (el) 伯父，叔父，舅舅
toalla (la) 手巾
tocar 觸摸，彈奏 (樂器)
todavía 仍然

todo, toda, todos, todas 全部，每一
tomar 拿
trabajar 工作 (動詞)
trabajo (el) 工作 (名詞)
tren (el) 火車

último 最後的
útil 有用的
uvas (las) 葡萄

vacación, estar de vacaciones (la) 假日，
   在度假
valor (el) 價值
vaso (el) 大玻璃杯
veces, de vez en cuando (las) 不時的
ventana (la) 窗口 (房子)
ventanilla (la) 窗口 (售貨亭，銀行的)
ver 看見
verano (el) 夏天
verdad (la) 事實
verde 綠色
vestir, vestirse 穿衣
viajar 旅行
viaje (el) 旅程
viajero (el) 旅客
vida (la) 生活
viejo 舊的，老的
viento (el) 風
vino (el) 酒，葡萄酒
visitar 拜訪
vivir 生活
volver 返回
vuelo (el) 班機

y 和

zapatos (los) 鞋子
zumo de fruta (el) 果汁

漢西詞彙表

一劃

一個也沒有，毫無　*ninguno*

二劃

入場券　*la entrada*
刀　*el cuchillo*

三劃

下午　*la tarde*
丈夫　*el marido*
也　*también*
叉子　*el tenedor*
大的，巨大的　*grande*
大的，巨大的　*grande*
大玻璃杯，有柄的高腳杯　*(tumbler), la copa (stemmed)*
大氣，空氣　*el ambiente*
女人　*la mujer*
女兒　*la hija*
女孩　*la chica*
小汽車　*el coche*
小的，少的　*pequeño*
工作 (名詞)　*el trabajo*
工作 (動詞)　*trabajar*
已婚的　*casado*

四劃

不……除了　*sino (no...sino)*
不時的　*a veces, de vez en cuando*
不經常　*pocas veces*
什麼都沒有　*nada*
仍然　*todavía*
今天　*hoy*
內褲，襯褲　*los calzoncillos*
公司　*la compañía*

公平地　*bastante*
公寓　*el piso*
午餐　*el almuerzo*
友好的　*simpático*
天空　*el cielo*
天氣　*el tiempo*
太多 (修飾不可數名詞)　*demasiado, demasiada*
太多 (修飾可數名詞)　*demasiados, demasiadas*
太陽　*el sol*
太陽曬黑的皮膚　*la piel morena*
巴士　*el autob*
手　*la mano*
手巾　*la toalla*
手提包　*el bolso*
手臂　*el brazo*
方向　*la dirección*
日子　*el día*
日期　*la fecha*
月份　*el mes*
比賽　*el partido*
毛毯　*la manta*
火車　*el tren*
父母　*los padres*
父親　*el padre*
牙刷　*el cepillo de dientes*
牙膏　*la pasta de dientes*
牙齒 (臼齒，磨牙)　*la muela*
牙齒 (門牙)　*el diente*
牛奶　*la leche*

五劃

付款　*pagar*
充足的　*bastante*
兄弟　*el hermano*

冬天　*el invierno*
出生　*el nacimiento*
匆忙　*prisa, tener prisa*
卡片　*la tarjeta*
去　*ir*
可以，能夠　*poder*
右邊的　*derecha*
外出　*salir*
外套　*el abrigo*
左邊的　*izquierda*
必須　*tener que*
打擊，敲擊　*el golpe*
未婚女人，單身　*soltera*
母親　*la madre*
生日　*el cumpleaños*
生活　*la vida*
用現金　*en efectivo*
白天　*la hora*
白色　*blanco*
皮膚　*la piel*

六劃
全部，每一　*todo, toda, todos, todas*
同意的　*de acuerdo*
各處　*en todas partes*
名字，名　*el nombre*
吃　*comer*
因為　*porque*
地板　*el suelo*
地圖　*el mapa*
在……以前　*antes (de)*
在……以後　*después (de)*
在那裏　*allá*
有　*hay*
多少 (修飾不可數名詞)　*cuánto, cuánta*
多少 (修飾可數名詞)　*cuántos, cuántas*
好地　*bien*
如何　*cómo*
字，單詞　*la palabra*
安排　*arreglar*

年　*el año*
年輕的　*joven*
早上　*la mañana*
早的　*temprano*
早餐　*el desayuno*
有　*tener*
有用的　*útil*
有時　*algunas veces*
有趣的　*interesante*
次序，為了　*to para*
羽絨被　*el edredón*
自從　*desde*
自然地　*naturalmente*

七劃
住址　*la dirección*
但是　*pero*
伯母　*la tía*
低的　*bajo*
困難的　*difícil*
坐下　*sentarse*
夾克　*la chaqueta*
床　*la cama*
快速的，迅速的　*rápido*
快樂的，幸福的　*contento*
扶手椅子　*la butaca*
投，擲　*echar*
改變，變化　*cambiar*
李子　*la ciruela*
杏　*el albaricoque*
每個，每一　*cada*
沙發　*el so?*
沐浴，洗澡　*el baño*
沒有人　*nadie*
男人　*el hombre*
角落 (內部的)　*la rincón*
角落 (外面的)　*la esquina*
走廊　*el pasillo*
足球　*el fútbol*
車票　*el billete*

那個　*que*

八劃

事實　*la verdad*

例子，例如　*el ejemplo, por ejemplo*

兒子　*el hijo*

其他的　*otro*

刷子　*el cepillo*

到達　*llegar*

叔父，伯父，舅舅　*el tío*

呼叫，打電話　*llamar*

和　*y*

周末　*el fin de semana*

妻子　*la mujer, la señora*

姓　*el apellido*

姊妹　*la hermana*

幸好　*menos mal*

幸運地　*afortunadamente*

往返 (票)　*de ida y vuelta*

房子，住宅　*la casa*

抽屜　*el cajón*

放　*poner*

昂貴的　*caro*

明天，後天　*mañana, pasado mañana*

朋友　*el amigo (la amiga)*

朋友，同伴　*el compañero (la compañera)*

枕頭　*la almohada*

果汁　*el zumo de fruta*

杯子　*la taza*

沿着　*por*

炎熱的　*caliente*

狗　*el perro*

的　*de*

直到……才　*hasta*

知道 (事實)　*saber*

肥皂　*el jabón*

臥室　*el dormitorio*

表現，表演　*la funcíion*

表演，顯示　*mostrar*

返回　*volver*

長的　*largo*

長途電話　*la conferencia*

門　*la puerta*

雨　*la lluvia*

雨衣　*el impermeable*

非常　*muy*

侄女　*la sobrina*

侄子　*el sobrino*

九劃

信　*la carta*

信箱　*el buzón*

便宜的，廉價的　*barato*

保險　*el seguro*

剃刀 (電動的)　*la máquina de afeitar*

孩子 (從年齡上劃分)　*los niños*

孩子 (親戚關係)　*los hijos*

拜訪　*visitar*

春天　*la primavera*

星期　*la semana*

某物　*algo*

洗，洗 (臉，手等)　*lavar, lavarse*

洗髮精，香波　*el champú*

床單　*la sábana*

洗臉盆　*el lavabo*

活潑的　*animado*

活潑的　*vivir*

為了　*para (sometimes 'por')*

為甚麼？　*¿por qué?*

相同的　*mismo*

相對的　*enfrente*

橘子　*la naranja*

看見　*ver*

秋天　*el otoño*

穿越　*por*

穿着　*llevar*

紅色　*rojo*

紅葡萄酒　*tinto*

胃　*el estómago*

背面，後背　*la espalda*

英鎊　*la libra*
面對　*frente a*
音樂會　*el concierto*
風　*el viento*
飛機　*el avión*
香蕉　*el plátano*

十劃

個子矮的　*bajo*
哪一 (個)　*que*
哪裏　*donde*
夏天　*el verano*
孫女，外孫女　*la nieta*
孫子，外孫子　*el nieto*
家　*la casa*
家庭　*la familia*
容易的　*fácil*
展覽　*la exposición*
拿，帶　*llevar, tomar*
旅行　*viajar*
旅客　*el viajero*
旅程　*el viaje*
時常　*muchas veces*
時間　*el tiempo*
時間表　*el horario*
梳子　*el peine*
桌子　*la mesa*
桃子　*el melocotón*
消遣，玩得高興，過得愉快　*divertir,*
　divertirse
海綿　*la esponja*
海鮮，貝　*los mariscos*
浴室　*el cuarto de baño*
班機　*el vuelo*
祖父，外祖父　*el abuelo*
祖父母，外祖父母　*los abuelos*
祖母，外祖母　*la abuela*
祝賀　*felicidades*
租用　*alquilar*
租用，租金　*el alquiler*

茶　*la merienda*
茶匙　*la cucharilla*
起床　*levantarse*
起居室　*el salón*
送，郵寄　*mandar*
酒，葡萄酒　*el vino*
陣雨，淋浴　*la ducha*
除了　*salvo*
馬德里，馬德里的　*madrileño*
高的　*alto*
高速公路　*la autopista*

十一劃

做，製造　*hacer*
做遊戲，玩　*jugar*
區域　*el barrio*
問　*preguntar*
問題　*el problema*
問題　*la pregunta*
啤酒　*la cerveza*
售貨亭　*el estanco*
國籍，民族　*la nacionalidad*
堂兄弟姊妹　*el primo (la prima)*
強壯的　*fuerte*
從 (容器裏面) 拿出來　*sacar*
從……來，來自……　*de, desde*
從不　*nunca*
接近　*cerca (de)*
晚上　*la noche*
晚的　*tarde*
晚餐　*la cena*
晚餐　*la cena*
梨　*la pera*
現在　*ahora*
瓶子　*la botella*
眼睛　*el ojo*
第一　*primero (primer)*
脖子　*el cuello*
袋子，書包　*la bolsa*
這些　*estos, estas*

這裏　*aquí*

假日，在度假　*la vacación, estar de vacaciones*

通行費　*el peaje*

途徑，經過　*pasar*

野餐　*la merienda*

雪利酒　*Jerez, vino je Jerez*

十二劃

傍晚　*la tarde*

最後的　*último*

博物館　*el museo*

喝　*beber*

單身漢　*soltero*

單程 (票)　*ida, de ida sólo*

報紙　*el periódico*

寒冷的　*frío*

尋找　*buscar*

幾乎　*casi*

愉快的　*agradable*

描述，描繪　*describir*

椅子　*la silla*

游泳　*nadar*

游泳池　*la piscine*

湯匙　*la cuchara*

無花果　*el higo*

短的　*corto*

窗口 (售貨亭，銀行等)　*la ventanilla*

窗戶 (房子)　*la ventana*

結束　*el fin*

給　*dar*

善良的，好的　*bueno*

著裝，穿衣　*vestir, vestirse*

街道　*la calle*

貼身襯衣，緊身衣　*los pantis*

買　*comprar*

超過　*más allá de*

郵局　*Correos*

鈔票　*el billete*

開始　*empezar*

開着的　*abierto*

陽台，小餐館的陽台　*la terraza*

飯廳　*el comedor*

黃色　*amarillo*

十三劃

感冒　*el frio*

感覺　*sentirse*

想要，想　*querer*

愛　*querer*

搬動　*llevar*

新的　*Nuevo*

會議　*el congreso*

會議，聚會　*la reunión*

當……的時候，什麼時候　*cuando*

當然，當然可以　*naturalmente, desde luego*

當然的，確定的　*seguro*

經過，被　*por*

腳　*el pie*

落下　*caer*

葡萄　*las uvas*

裙子　*la falda*

跟隨　*seguir*

較喜歡　*preferir*

運動　*el deporte*

道路，幹線道路　*la carretera*

電　*la luz, la electricidad*

電話　*el teléfono*

電影院　*el cine*

十四劃

慢慢地　*despacio*

碟子，盤子　*el plato*

綠色　*verde*

腿 (人)　*la pierna*

腿 (動物)　*la pata*

製造　*hacer*

語言　*el idioma*

認識 (人)　*conocer*

說　*decir*

說，講話　*hablar*
需要　*necesitar*
價值　*el valor*
寬鬆的上衣　*la blusa*
寫，寫作　*escribir*

十五劃

層　*la planta*
廚房　*la cocina*
廣場，正方形　*la plaza*
彈奏 (樂器)　*tocar*
樓梯　*la escalera*
熱，高溫　*el calor*
誰　*quien, quienes*
適當的，合適的　*apto*
鞋子　*los zapatos*
學生　*el estudiante (la estudiante)*
燈，光亮，電　*la luz*
盥洗室　*el wáter (in a house)*

十六劃

糖　*el azúcar*
褲子　*los pantalones*
辦公室　*la oficina*
選擇　*escoger*
錢　*el dinero*
頭　*la cabeza*
餐，中午的主餐　*la comida*
餐巾　*la servilleta*
餐後甜點　*el postre*

十七劃

戲院　*el teatro*
總是　*siempre*

十八劃

檸檬　*el limón*
舊的，老的　*Viejo*
藍色　*azul*
轉彎，摺疊　*doblar*
醫生　*el médico*
離開　*salir*

十九劃

壞的　*malo*
懷疑，毫無疑問　*la duda, sin duda*
櫥櫃　*el armario*
邊　*el lado*
關閉，關上　*cerrado*
礦泉水　*el agua mineral*
蘋果　*la manzana*
觸覺　*tocar*
襪子　*los calcetines*

二十劃

護照　*el pasaporte*

二十一劃

襯衫　*la camisa*

二十二劃

聽到　*oír*

暢銷全球的Teach Yourself®
語言自學系列中文版...

入門課程
- 專為從未接觸過該種語言的自學人士設計
- 直接、易用，進度適中，解釋清楚
- 生字、語法、實例和練習特多

法語入門
Catrine Carpenter著

德語入門
Rosi McNab著

意大利語入門
Vittoria Bowles著

西班牙語入門
Mark Stacey &
Angela González Hevia著

每本書大體分為兩部分：
第一部分幫你掌握學習該種語言的基礎語法
第二部分以一系列實況場景引導你練習剛剛學到的語言

每本書都附有CD兩張，幫你提高聽講能力，讓學習外國語言變得容易

萬里機構·萬里書店出版　每套 $78